희망의 질감

청소년
테마
소설

희망의 질감

김보영
김진나
문이소
윤성희
은소홀
이금이
진형민

문학동네

| 차 례 |

윤 성 희 … 느리게 가는 마음

1

배구 선수 출신인 체육 선생님은 어떤 운동을 하든지 20분 이상 스트레칭을 시켰다. 수업 첫날은 45분 내내 스트레칭만 하기도 했다. 아이들이 투덜거리자 선생님은 지금부터 매일 스트레칭만 해도 50대에는 다른 삶을 살 수 있을 거라고 말했다. 그 말에 누군가 선생님도 아직 50대가 아닌데 어떻게 아느냐고 물었다.

"선생님 아버지가 그랬어. 지금은 60대거든."

선생님이 나온 초등학교 배구부는 오전 일곱 시에 운동을 시작했다고 한다. 선생님의 아버지는 매일 아침 아들을 학교에 데려다준 다음 벤치에 앉아서 강당에서 들려오는 구령 소리를 들었다. 출근까지는 시간이 많이 남아 있었기 때문이었다. 하루는 구령 소리에 맞춰 스트레칭을 해 보았다. 그러고 출근을 했더니 오늘 좋은 일이 있나 봐요, 라는 인사말을 여러 번 들었다.

"그래서, 그 이후로 지금까지 매일 스트레칭을 하신다. 하루도 안 빠지고."

선생님은 말했다.

그 이야기의 결론은 이랬다. 마흔아홉 살에 해고를 당한 선생님의 아버지는 화가 나서 밤새도록 술을 마셨다. 그리고 새벽에 해가 뜨는 걸 보면서 늘 그랬듯이 스트레칭을 했는데, 하다 보니 분노가 사라지고 뭐든 새로 시작할 수 있을 것 같은 자신감이 생겨났다. 그래서 어린 시절 꿈꾸었던 장래 희망들을 노트에 적기 시작했다. 죽기 전에 하나씩 실천해 보자는 마음으로. 지금은 만물 트럭을 몰고 시골 마을을 돌아다니는 중이라고 한다.

암튼, 그런 이유로 체육 수업을 시작한 지 넉 달 만에 대부분의 아이들이 허리를 구부렸을 때 손바닥이 땅에 닿을 정도로 유연한 몸을 가지게 되었다.

앉아서 다리와 상체를 반대로 비트는 동작을 하고 있는데 갑자기 하늘이 어두워졌다. 멀리서 검은 구름이 몰려오는 게 보였다. 빗방울 하나가 이마 위로 똑 떨어졌다.

"뛰어!"

선생님이 소리쳤다. 반 아이들이 구령대까지 뛰었다.

"휴, 아슬아슬했다."

선생님 말이 끝나자마자 번개가 번쩍했다. 곧이어 천둥소리가 나고 요란하게 비가 쏟아지기 시작했다. 우리는 둘씩 짝을 지어 서로의 체육복에 묻은 흙을 털어 주었다. 운동장 모래가 비에 파이고, 구령대 홈통에서 물이 콸콸 쏟아졌다.

선생님이 호루라기를 불었다. 그 소리에 아이들이 고개를 돌려 선생님을 보았다. 호루라기 부는 게 좋아서 체육 선생님이 되었다는 선생님은 수십 개의 호루라기를 가지고 있었다. 학교에서 전자 호루라기가 지급되었지만 선생님은 입으로 부는 호루라기만 썼다. 수업 시작 전에 호루라기를 고르고 수업이 끝나면 호루라기를 소독하는 게 선생님의 가장 큰 행복이라는 것이다. 오늘은 보라색 호루라기였다.

"스트레칭을 다 못 했으니 마저 하자. 목운동 시작!"

몇몇 아이들이 구령대가 너무 좁다고 구시렁거렸다.

거북목 방지 운동은 총 다섯 가지로 이루어져 있다. 체육 선생님은 모든 수업 전에 5분씩 목운동을 하자고 교장 선생님에게 건의했지만 받아들여지지 않았다. 하지만 남편이 목 디스크로 고생하고 있는 영어 선생님과 하루에 영양제를 열 알이나 먹을 정도로 건강에 관심이 많은 물리 선생님은 체육 선생님에게 자신들 수업에서라도 목운동을 하겠다고 말했다. 그래서 체육과 영어와 물리가 하루에 다 있는 금요일은 세 번이나 목운동을 해야 했다. 오늘이 그날이었다.

"선생님. 거북목 방지 운동은 앞 시간에도 했어요. 이따 물리 수업도 있어요."

반장이 말했다.

"그래? 그럼, 비 그칠 때까지 뭐 할까?"

선생님의 말에 우리는 이구동성으로 대답했다.

"얘기해요. 얘기요."

체육 선생님이 팔짱을 끼고 한참을 생각하더니 말했다.

"그럼 오늘은 마라톤 시합 도중 설사가 나올 것 같으면 어떻게 할 건지 얘기해 볼까? 화장실을 가려면 왔던 길을 한참 되돌아가야 해."

아이들이 대부분 당연히 화장실을 가야 한다고 말했다. 근처 풀숲이나 나무 뒤에 가서라도 누어야 한다고 말하는 아이들도 있었다. 이번 토론은 하나마나였다. 누가 달리는 도중 똥을 싼단 말인가. 지난번에는 야구 시합에서 5할을 넘게 치는 타자가 나온다면 그 타자에게 볼넷을 주는 게 나은지 홈런을 맞더라도 승부하는 게 나은지에 대해 이야기를 나눴는데 생각보다 볼넷을 주겠다는 아이들이 많아 흥미진진한 토론이 되었다. 나는 처음에는 홈런을 맞더라도 정면 승부를 하자는 쪽이었는데, 한 아이의 말에 마음이 바뀌었다. 자기 공에 자신 있는 투수라면 볼넷을 줄 것이라고. 다음 타자를 삼진시킬 자신만 있다면 나보다 센 사람에게 볼넷을 주는 건 부끄러운 게 아니라고.

현민이가 손을 들어 말했다.

"지금처럼 비가 쏟아지는 날이라면 저는 똥을 싸면서 달릴 수 있을 것 같아요."

현민이는 체육대회 날이면 늘 계주의 마지막 주자를 담당했는데, 한 번도 일등을 놓친 적이 없었다.

선생님이 고개를 저었다. 날도 좋고, 관중도 많고, 심지어 텔레

비전 중계도 되고 있다고.

"그럼 절대 못 하죠!"

현민이가 다시 말했다.

그때 내 뒤에서 누군가 나지막하게 말했다.

"난 할 수 있을 것 같아."

뒤돌아보니 선우였다. 선우가 말을 하자 반 아이들 모두 놀랐다. 선우는 워낙 말이 없어서 별명이 '한단어'였다. 우리가 말을 걸면 웃으며 고개를 끄덕일 뿐이었다. 응. 그래. 알았어. 아니. 싫어. 어쩌다 말을 해도 딱 한 단어만 말해서 별명이 한단어가 되었다. 선우와 초등학교 6학년 때 같은 반이었던 민혁이에 의하면 수다쟁이는 아니지만 그래도 곧잘 말을 하던 아이였다고 한다. 지난 겨울방학 때 아버지가 돌아가셨는데 그 이후 말이 줄었다는 거였다.

올봄에 나는 마카롱을 사러 옆 동네에 갔다가 선우를 본 적이 있었다. 인기가 많은 가게라 줄이 길었다. 나는 맛집을 찾아다니는 것도 질색이었고, 줄을 서서 기다리는 것은 더더욱 질색이었지만, 엄마는 그 집 마카롱을 좋아했다. 그날 줄 앞쪽에 선우가 동생으로 보이는 아이의 손을 잡고 있었다. 선우는 동생에게 무어라 말을 했다. 그 말에 동생이 웃었다. 동생이 또 선우에게 무어라 말을 했다. 그 말에 선우가 웃었다. 동생과 수다를 떠는 선우를 보면서 나는 생각했다. 다행이다. 동생이 있어 다행이다.

선생님은 선우가 말을 했다는 사실에 놀라지 않았다. 대신, 선우 쪽으로 걸어가 선우에게 물었다.

"평생 똥싸개라는 놀림을 받을지도 모르는데?"

"그래도요. 달리기로 했으니까요."

선우가 그렇게 말하고는 씨익 웃었다.

"화장실에 갔다 와서 다시 달릴 수도 있잖아."

선생님의 말에 선우는 바로 대답하지 않았다. 선우가 대답을 할 때까지 아무도 입을 열지 않았다.

"저는요, 중간에 멈추면, 다시 못 뛸 것 같아요."

한참 만에 선우가 다시 말했다.

"참고로 말이다, 선생님은 달리면서 오줌을 싼 적이 있단다. 지금도 후회는 안 하지만 창피해서 누구한테도 말을 못 했어."

선생님이 고백을 했다. 선생님이 처음으로 참여한 마라톤 대회였다고 한다. 긴장한 나머지 중간에 나눠 주는 물을 모두 마시며 뛰었더니 결승선을 앞두고 더는 오줌을 참을 수 없을 정도가 되었고, 그래서 달리면서 오줌을 누었다고.

"결승선을 통과한 다음 제일 먼저 뭘 했는지 알아? 생수 한 통을 몸에 들이부었지."

그렇게 말하고 선생님이 웃었다.

몇몇 아이들이 오줌이라면 쌀 수도 있을 것 같다고 떠들었다. 의외로 기분이 좋을지 모른다는 아이들도 있었다. 선우는 다시 입을 닫았다. 아무리 그래도 나는 그럴 수 없을 것 같았다. 간절한 소원을 품고 달리면 할 수 있을까? 상상을 하고 또 해 보았다. 그럴수록 잘 모르겠다는 생각만 들었다.

또다시 천둥소리가 크게 들렸다. 비가 잠잠해지는 것 같더니 다시 세차게 쏟아졌다. 갑자기 등줄기가 서늘했다. 목구멍도 간질간질했다. 그게 찾아오겠군. 나는 생각했다.

2

집에 오는 길에 낙지죽을 포장해 왔다. 그걸 냉장고에 넣어 두고, 어제 아빠가 해 놓은 카레를 꺼내 밥을 두 공기 먹었다. 편도가 붓기 전에 잔뜩 먹어 두어야 했다. 장마가 시작될 무렵이나 첫눈이 내릴 무렵이면 나는 몸살을 크게 앓곤 했다. 1년에 두 번 앓을 때도 있고 한 번만 앓을 때도 있었다. 보리차도 끓여 보온병에 담아 두었다. 아빠는 퇴근 후 곧장 병원으로 갈 거라며 전화를 했다. 나는 내일 토요일이니 내 걱정 말고 엄마 옆에 있으라고 말했다. 벌써 저녁밥도 먹고 설거지도 해 두었다고. 아빠가 착하다고 했다. 나는 몸살이 올 것 같다는 말은 하지 않았다.

새벽에 열이 오르기 시작했다. 토요일 오전에 간신히 일어나 땀에 젖은 속옷을 갈아입고 보리차를 두 컵 마셨다. 그리고 다시 잠이 들었다. 꿈을 꾸었다. 나는 유치원생이 되어 있었다. 유치원

생인 나는 젓가락 콩 옮기기 대회에 나갔다. 반 대항전이었다. 나는 새싹반. 네 명의 아이들이 나란히 앉았고, 내가 세 번째 주자였다. 오른쪽 아이가 내 접시에 검은콩을 옮겨 놓으면 나는 그걸 왼쪽 아이의 접시로 옮겼다. 네 번째 콩까지는 수월했다. 다섯 번째 콩을 옮기다 기침이 났다. 한번 난 기침은 멈추지 않았고 나는 자꾸 콩을 떨어뜨렸다. 너 때문에 졌잖아, 하고 아이들이 말했다. 나 때문에 졌어, 하고 나는 울었다. 아무도 우는 나를 달래주지 않았다.

꿈에서 깨니 이마에 차가운 수건이 올려져 있었다. 방문을 열고 나갔더니 막내 이모가 소파에 앉아 졸고 있었다. 나는 이모를 흔들어 깨웠다. 이모가 나를 보자마자 이마에 손을 대었다.

"아직도 열이 있네."

나도 이마에 손을 대 보았다.

"조금 내렸어."

목이 부어 침도 삼키기 힘들었지만 억지로 죽을 먹었다.

"오전에 병문안 갔는데 언니가 너 밥 걱정을 하도 해서. 혼자 있는 우리 조카 맛있는 거 해 주려고 왔어. 아프면 이모한테라도 연락해야지."

"이모 요리 못하잖아. 그래서 안 불렀어."

엄마가 항암치료를 받으러 처음 입원했을 때 이모가 우리 집에 와 있었다. 이모는 정체 모를 요리들을 해 주었고, 나는 밥을 먹기 전에 아파트를 한 바퀴 뛰었다. 그렇게 땀을 흘려 놔야 이모 음식이 조금이나마 먹을 만했기 때문이었다.

약을 먹으니 다시 졸렸다. 잠결에 이모가 차가운 수건으로 이마를 닦아 주는 것을 몇 번이나 느꼈다. 콩 옮기기 대회 꿈을 다시 꾼다면 이번에는 일등을 하리라고 생각했는데 꿈을 꾸지 않았다. 일요일 아침에 이모가 나를 깨워 억지로 주스를 마시게 했다. 그리고 다시 까무룩. 오후가 되어서야 기운을 차릴 수 있었다.

"이제, 배고파."

내 말에 이모가 치킨을 주문했다. 나는 샤워를 했고 그사이 이모는 계란찜을 했다. 나는 뚝배기 계란찜을 좋아하는데 이모는 그건 할 줄 모른다며 전자레인지로 계란찜을 했다. 몸살을 앓고 나면 나는 매운 바비큐치킨을 먹는다. 닭 한 마리를 다 먹은 다음 소스에 밥을 비벼 계란찜과 같이 먹으니 배가 불룩 튀어나왔다. 계란찜은 덜 익었지만 먹을 만했다. 배를 두드리며 잘 먹었다고 중얼거리고 나자 몸살기가 싹 사라지는 기분이 들었다.

"이모, 그런데 몸살을 앓고 난 다음 씻으면 이상하게 때가 많이 나오는 것 같아. 왜 그러지?"

"글쎄. 모르겠네. 땀을 많이 흘려서 그런가?"

"운동할 때는 안 그런데."

"땀이 다르니까."

"다른가?"

"응. 다르지."

그렇게 이야기를 주고받다가 나는 이모한테 땀구멍 남자친구는 잘 있느냐고 물었다. 땀을 아주 많이 흘려서 만날 때마다 늘 겨드랑이가 젖어 있었기 때문에 나는 이모의 남자친구를 땀구멍이라고 불렀다.

"몰라. 잘 있겠지."

"헤어졌어?"

이모가 대답 대신 고개를 끄덕였다. 나는 땀구멍이 마음에 안 들었다고 말해 주었다. 이모처럼 요리를 못하는 사람은 아무거나 잘 먹는 남자랑 사귀어야 한다고. 내 말에 이모는 사실 땀구멍이 요리를 잘했다고 말했다. 헤어진 다음에도 땀구멍이 해 주었던 음식들이 자꾸 생각날 정도로. 그러다 갑자기 이모가 소파에서 펄떡 일어났다.

"앗, 우체통. 큰일 났어. 큰일 났어."

우체통이라니. 이모는 설명을 하지 않고 큰일 났다는 말만 반복했다. 하필이면 그 순간 텔레비전에서 어떤 개그맨이 난리 났네 난리 났어, 라고 말했다. 나는 개그맨이 또 그 소리를 할까 봐 얼른 리모컨 음소거 버튼을 눌렀다. 이모가 거실을 왔다 갔다 하다가 갑자기 내게 말했다.

"너 내일 학교 가지 말고 이모랑 어디 좀 갔다 오자."

이모가 들려준 이야기는 이랬다. 작년에 고등학교 동창들이랑 여행을 갔는데 거기에 느리게 가는 우체통이 있었다는 것. 이모는 땀구멍에게 엽서를 썼다는 것. 거기에 결혼하자는 내용을 적었다는 것. 느리게 가는 우체통 속 엽서는 1년 후 배달이 되는데 그게 다음 달이라는 것. 사실 땀구멍이 얼마 전에 결혼을 했는데 엽서에 적은 그 주소에 계속 살고 있다는 것. 이모의 두서없는 이야기를 요약하면, 그러니까 그 엽서를 찾으러 가야 하는데 혼자 갈 자신이 없으니 나보고 같이 가 달라는 거였다.

3

이모는 아빠한테 전화해 거짓말을 했다. 내가 사춘기가 시작되는 것 같으니 같이 바람 좀 쐬고 오겠다고. 아빠는 담임 선생님한테 전화를 해 줄 테니 걱정하지 말라고 했다. 그리고 이모랑 맛있는 거 사 먹으라며 10만 원을 보내 주었다. 나는 아빠한테 돈을 받았다는 말을 이모한테는 하지 않았다. 이모가 저지른 일을 수습하러 가는 건데 당연히 이모 돈만 쓰게 해야지.

내가 이모에 대해 가장 많이 들은 말은, 걔는 가만히 있는 게 도와주는 거야, 라는 말이었다. 하지만 이모는 가만히 있는 걸 가장 못하는 사람이었다. 이모 이야기 중에서 내가 가장 좋아하는 에피소드는 문 닫은 학교 앞 분식집을 다시 열게 한 일이었다. 그 이야기는 듣고 들어도 재미있었다.

이모는 고등학교 1학년 때 분식집 짜장즉석떡볶이를 매일 먹어서 살이 15킬로그램이나 쪘다고 한다.

"살이 쪄도 좋았지. 그렇게 맛있었어."

그랬는데 이모가 고등학교 2학년 때 분식집이 문을 닫았다. 믿거나 말거나, 떡볶이를 먹지 못해서 이모는 중간고사를 망쳤다. 분식집이 남은 음식을 재활용한다고 누군가 소문을 냈는데 분식집 사장이 그 말에 상처를 받아 문을 닫은 것이다.

"누가 그랬는데?"

나는 여러 번 들어 이미 알고 있지만 부러 물어보았다. 그러자 이모는 그 못된 년이 말이야, 하고 이야기를 시작했다. 그 못된 년은 맞은편 분식집의 조카를 말하는 거였다. 그 학교로 전학을 온 지 얼마 안 된 학생이었다. 자기 삼촌네 가게가 하도 장사가 안되어서 그런 소문을 냈다. 이모는 소문의 꼬리에 꼬리를 찾아 일주일 동안 수십 명의 아이들을 만났고 결국 그 사실을 밝혀냈다. 거기까지 이야기를 듣다 나는 또 물었다.

"이모, 난 이해가 안 가. 분식집 사장님 말이야. 억울하면 악착같이 장사를 해야지. 왜 그만둬?"

이모가 자동차 창문을 열고는 심호흡을 크게 했다.

"저 노란 꽃 참 예쁜데, 향기가 안 나네. 그리고 그런 사람들도 있어. 악착같이 싸우지 않는다고 용기가 없는 건 아니야."

나도 심호흡을 크게 하고 냄새를 맡아 보았다. 아무 향기도 나지 않았다. 이모가 다시 창문을 닫았다. 나는 이모의 말이 잘 이해되지 않았다.

이모는 상가 사람들을 만나 분식집 사장의 행방을 물었고, 자매처럼 지냈다는 미용실 사장에게 소식을 들을 수 있었다. 고향으로 내려갔다는 거였다. 분식집 사장네 큰오빠가 고향에 있는 중학교 앞에서 문방구를 하는데, 그곳으로 내려가 분식집을 차리고 싶다는 말을 했단다. 이모는 그날부터 사흘에 한 번씩 편지를 썼다. 먹다 남은 음식을 다시 사용한다는 오해는 풀렸다고. 소문을 낸 아이가 분식집 문 앞에 사과문을 붙여서 전교생이 다 알게 되었다고. 그러니 다시 돌아와 달라고.

"그런데 이모, 어떻게 편지를 부칠 수가 있어? 주소도 모르는데."

내 말에 이모가 웃었다. 이모는 분식집 사장님의 고향을 알아내 그 동네의 중학교로 편지를 보냈다. 받는 사람에 수위 아저씨라고 적었다. 내용은 이렇게 썼다고 한다. 학교 앞 문방구 사장님 중에서 막내 여동생이 또와분식집을 한 분이 있을 거라고, 그분을 찾아 제발 편지를 좀 전해 달라고.

"반송 안 되더라? 그래서 계속 그 수위 아저씨에게 편지를 보냈지."

두 달 뒤 또와분식집 사장이 돌아왔다. 분식집이 다시 문을 연 날 이모는 혼자 즉석떡볶이 4인분을 먹었고, 사장은 돈을 받지 않았다. 그러면서 이런 이야기를 들려주었다고 한다.

사장이 자란 고향에는 중학교가 두 개 있는데 이모가 엉뚱한 중학교에 편지를 보냈다. 편지를 받은 수위 아저씨는 학교 앞 문방구에서 일치하는 사람을 찾지 못하자 자전거를 타고 다른 중학교에 갔다. 그곳 문방구 사장은 동생에게 전화를 걸어 가게 이름이 또와분식집이었냐고 물었다. 그리고 이모 이름을 대면서 아는 학생이냐고 물었다. 분식집 사장이 안다고 하자 문방구 사장이 편지의 내용을 읽어 주었다. 사실 분식집 사장은 고향에 내려가지 않았다. 학생 수가 줄어서 중학교가 하나로 줄 거라는 소문이 있었기 때문이다. 그래서 전국을 돌아다니며 분식집을 하기 적당한 곳을 찾고 있었다.

"나는 그것도 모르고 계속 편지를 보냈지. 그 편지를 수위 아저씨가 다른 학교 앞 문방구 사장에게 전달해 주면 문방구 사장이 동생에게 전화를 걸어 읽어 주었던 거야."

이모는 편지 마지막에 이렇게 적었다. 떡볶이를 못 먹어서 성적이 떨어졌다고. 내가 대학을 못 가면 다 또와분식집 떡볶이를 못 먹어서라고. 가난해서 동생들을 대학에 보내지 못한 게 평생 한이었던 문방구 사장은 그 부분을 읽으면서 동생에게 한 소리를 했다.

"애가 누군지 몰라도, 대학 떨어지면 다 니 책임이다."

그래서 돌아왔다고, 대학에 떨어지면 혼날 줄 알라고, 분식집 사장은 이모가 떡볶이를 먹을 때마다 말했다.

"그래서 대학은 잘 갔어?"

"알면서 왜 물어?"

나는 이모가 삼수를 하면서 저질렀던 수많은 사건들을 알았지만 다시 묻지는 않았다.

참, 또와분식집 이야기에는 놀라운 반전이 숨겨져 있다. 사장님이 좋은 대학에 가야 한다고 하도 잔소리를 해서 이모는 떡볶이를 먹을 때마다 체한 기분이 들었고, 마침내 떡볶이를 싫어하게 되었다는 것이다.

중간에 휴게소에 들러 우동을 한 그릇 사 먹었다. 그리고 잠깐 잠이 들었는데 눈을 떠 보니 눈앞에 커다란 우체통 모양의 건물이 보였다.

4

우체통 건물은 무인으로 운영되고 있었다. 엽서는 모두 열 종류가 있었고 한 장에 천 원이었다. 통유리 창 옆으로 책상과 의자가 놓여 저 멀리 바다를 보며 편지를 쓸 수 있게 되어 있었다. 그리고 우체통 안의 또 다른 우체통, 그러니까 진짜 편지를 넣는 우체통이 가운데 놓여 있었다.

"여기서 어떻게 이모 엽서를 찾아?"

이모는 아무리 무인이라도 문을 열고 닫는 사람은 있는 법이라고 했다. 문에 적힌 영업시간을 보니 아홉 시부터 다섯 시까지였다. 그러니까 다섯 시에 문을 닫으러 오는 직원을 기다려야 한다는 말이었다.

우리는 멀리 보이는 등대까지 걸어갔다 왔다. '느리게 마시는 카페'라는 곳에 들어가 차를 한 잔씩 마셨다. 손님은 나와 이모밖에 없었다. 주인아주머니는 누구와 통화를 했는데, 아들이 일도 안 하고 종일 잠만 잔다고 말했다.

"속상해."

나는 아주머니가 속상하다는 말을 몇 번 하는지 세어 봤다. 여섯 번이었다. 나는 속상하다는 말에 대해 생각해 보았다. 속을 다치다니. 그런데 그 속은 어디쯤에 있는 것일까?

차를 다 마시고 다시 우체통 건물로 갔더니 누군가 책상에 앉아 편지를 쓰고 있었다. 나도 이모한테 천 원을 달라고 해서 엽서를 하나 샀다. 보내는 사람에 내 이름을 적었다. 그리고 받는 사람에 엄마 이름을 적었다.

편지를 쓰고 있는 사람은 한 줄을 쓰고 창밖을 멍하니 바라보았다. 그러다 또 한 줄. 나도 그 사람처럼 멍하니 창밖을 바라보았다. 그랬는데도 한 줄이 떠오르지 않았다. 나는 그 사람이 편지를 다 쓴 다음 우체통에 엽서를 넣을 때까지 한 단어도 쓰지 못했다.

두 쌍의 커플이 왔다 가고, 모녀가 왔다 간 다음, 윗배가 볼록 튀어나온 남자가 들어왔다. 남자는 새 엽서를 채워 넣고 책상 위에 있는 펜들이 잘 나오는지 확인했다. 나는 얼른 밖으로 나가 주변을 서성이던 이모를 불렀다. 이모가 달려왔다.

담당 직원은 오늘 오전에 출장이 있어서 다른 직원에게 문 여는 걸 부탁했다고 한다. 그래서 출장을 마치고 사무실로 돌아가는 길에 한번 둘러보러 왔다며, 우리보고 정말 다섯 시까지 기다릴 생각이었냐고 물었다. 그러면서 미안하지만 엽서를 돌려줄 수는 없다고 말했다.

"원래는 이 우체통에 제 전화번호가 적혀 있었어요. 그런데 엽서를 다시 찾을 수 있느냐고 전화가 하도 와서 없앴다니까요. 헤어진 남친한테 보낸 편지 찾으려는 거죠?"

이모는 대답하지 못했다. 직원이 헤어질 거면서 뭐 하러 사랑한다는 엽서를 쓰는지 모르겠다며 혼잣말을 했다. 그 혼잣말이 건물 안에서 큰 소리로 울렸다.

이모도 혼잣말을 했다. 바보. 그 소리가 들렸을 텐데 직원은 아무 대꾸도 하지 않았다. 할 수 없이 나는 직원에게 거짓말을 했다. 지난달에 이모의 남자친구가 죽었다고. 죽은 아들의 여자친구가 쓴 편지를 받게 될 그 부모님을 생각해 보라고. 거짓말이 통할까 싶었는데 갑자기 직원의 눈이 커졌다. 그리고 이모에게 사과를 했다. 사과가 정중해서 거짓말을 한 게 미안해졌다.

직원이 나와 이모를 창고로 데려갔다. 거기에는 열두 개의 커다란 자루가 있었다. 매달 말일이면 직원은 우체통 안의 엽서를 꺼내 새 자루에 담았다. 자루 입구에 날짜를 적은 라벨을 붙여 창고에 보관하고, 창고에 보관된 자루 중 1년 전 것을 우체국으로 들고 가 엽서를 보냈다. 그래서 창고에는 늘 열두 개의 자루가 있다고 직원은 말했다. 이모가 작년에 친구들과 여행 왔던 달을 말했더니 직원이 자루 하나를 찾아왔다.

"한 시간 드릴게요."

직원이 자루에 있는 엽서를 창고 바닥에 쏟았다. 나와 이모는 바닥에 앉아 엽서를 찾기 시작했다. 나는 엽서에 적힌 내용을 읽지 않으려고 노력했다. 그래도…… 한두 줄씩 글이 눈에 들어오는 것은 어쩔 수 없었다. 생각보다 자기 자신에게 엽서를 보낸 사람들이 많아서 깜짝 놀랐다. 자신에게 편지를 쓰는 사람들은 비슷한 문장으로 편지를 끝냈다. 지금처럼 잘하자. 지금까지 잘해 왔다.

지금처럼이라니.

잘해 왔다니.

나는 그 말이 참 이상했다. 내가 나한테 해 줄 수 없는 말 같았다.

"이모?"

나는 이모를 불러 보았다.

"왜? 다른 생각 하지 말고 얼른 엽서나 찾아."

이모가 대답했다.

"땀구멍 아저씨가 죽었다고 해서 미안해."

내 말에 이모가 괜찮다고 말했다. 땀구멍 아저씨랑 점을 본 적이 있는데 아주 오래오래 사는 점괘가 나왔으니 걱정하지 말라고 했다.

"그런데, 이모. 생각해 보니 좀 쪽팔리더라도 엽서가 가는 게 더 좋지 않아? 결혼한 여자가 엽서를 보게 되면 부부싸움이라도 할 거 아냐. 그럼 땀구멍한테 복수하는 거잖아."

이모가 나를 빤히 쳐다보았다. 그리고 고개를 저었다.

"막 결혼했으니 그 여자는 지금 얼마나 행복하겠냐. 누군지 모르지만 상처 주고 싶지 않아."

이모의 말을 들으니 나는 속상하다는 단어가 다시 생각났다. 그래, 남을 속상하게 하면 내 속도 상하지. 엄마는 그런 말을 자주 했다. 남을 속상하게 한 적이 없는 엄마는 어째서 속이 상했을까? 그 생각을 하자 갑자기 억울해졌다. 억울하니 화가 났다.

나는 화를 내지 않기 위해 아무 엽서나 하나 집어들고 읽었다. 엄마, 아빠, 일곱 살이 되면 말 잘 들을게요. 삐뚤빼뚤한 글씨로 그렇게 적혀 있었다. 보낸 아이 이름이 박민주였다. 민주네 부모는 다음 달에 이 엽서를 받을 것이다. 그리고 일곱 살이 되었는데도 왜 말을 안 듣냐고 박민주에게 말하면서 웃겠지. 그 상상을 하자 마음이 조금 풀어졌다.

"찾았다."

이모가 엽서 한 장을 내 눈앞에 대고 흔들었다. 내가 보여 달라고 하자 이모가 그건 절대 안 된다고 했다.

엽서들을 다시 자루에 담았다. 나는 창고 밖으로 나가 직원을 불러왔다. 이모는 직원에게 아까 바보라고 해서 미안하다고, 나중에 선물이라도 보내겠다며 명함을 달라고 했다. 그러자 직원이 고개를 저었다.

"우리는 오늘 안 만난 거예요. 당연히 엽서를 찾아간 일도 없고요. 알았죠?"

5

배가 고팠다. 이모는 작년에 친구들이랑 여행 왔을 때 갔던 식당이 있다며 차를 몰았다. 느리게 가는 우체통이 있는 마을을 벗어나 구불구불한 길을 따라 한참을 달렸다. 온통 논과 밭뿐인 길이었다. 이런 곳에 식당이 있을까 싶어 나는 몇 번이나 제대로 가는 거냐고 물었다. 이모가 사실은 기억이 가물가물하다고 고백했다. 가는 길에 망한 절이 하나 있는데 그 입구에 코가 없는 불상이 하나 있다고 했다. 그것만 찾으면 거기서부터는 확실히 길을 안다고 이모는 말했다. 내가 내비게이션으로 찾으면 되지 않겠냐고 말하자 우리가 가는 식당은 이름이 없다고 했다.

"이름이 없는 거야? 이름을 모르는 거야?"

내가 다시 묻자 이모는 둘 다, 라고 대답했다.

이모는 갈림길이 나오면 무조건 오른쪽으로 꺾었다. 막다른 길이 나오면 다시 돌아 나오길 여러 차례. 그러다 그 불상을 발견했다. 망한 절 앞에 차를 멈춰 세운 이모가 불상을 한참 들여다보았다. 코만 없는 게 아니라 눈도 입도 없었다.

"눈 코 입이 없는데도 웃고 있는 것 같지?"

이모가 다시 차를 출발시키면서 말했다. 나는 대답하지 않았다. 도대체 어디에서 웃는 얼굴을 찾아야 하는지 도통 모르겠다. 이모는 망한 절을 지나, 문 닫은 보건소를 지나, 문 닫은 초등학교를 지나면 식당이 나온다고 했다.

"망한 절. 망한 보건소. 망한 학교."

나는 그렇게 중얼거렸다.

"하지만 안 망한 식당."

이모가 내 말을 받아쳤다.

운동장에 잡초가 무성한 폐교를 지나 우회전을 하니 마을회관 표지판이 보였다. 이모가 그 앞에 차를 세웠다.

"마을회관에서 먹는다고?"

내 말에 이모가 웃었다. 마을회관 오른쪽으로 좁은 길이 나 있었다. 걸어 들어가니 작은 한옥집이 나왔다. 마당에 야외 테이블이 몇 개 보였다.

"밖? 안?"

이모가 물어서 나는 밖이라고 대답했다.

야외 테이블에 앉자 할머니 한 분이 물을 가지고 나왔다.

"2인분?"

할머니가 물어서 이모가 그렇다고 대답했다.

곧이어 다른 할머니가 커다란 대나무 채반을 들고 와 테이블 위에 올려놓았다. 나물 반찬이 가득이었다. 곧이어 물을 가져다 주었던 할머니가 밥과 국을 가져왔다.

"오늘은 옥수수밥이에요. 이건 아욱국이고."

할머니들이 들어가고 난 다음 나는 이모한테 투덜댔다. 아욱국이라니. 미끈미끈한 게 세상에서 내가 가장 싫어하는 국이었다. 게다가 제육볶음도 없이 상추쌈을 먹으라니. 집에 돌아가면 보쌈과 족발을 시켜 배 터지게 먹을 거라고 말했다. 그래 놓고…… 나는 밥을 두 공기나 먹었다. 누룽지도 한 그릇 먹었다.

"풀만 있어서 안 먹는다며?"

이모가 놀렸다.

"배가 너무 고파서 그랬어."

나는 변명을 했다. 두 할머니가 후식으로 참외를 가져다주었다. 나는 할머니들에게 맛있게 잘 먹었다고 인사를 했다.

식당은 동네 할머니 여덟 분이 같이 운영하는 곳이었다. 경로당에 모여 매일 고스톱을 치는 게 전부였는데, 어느 날 매일 지기만 하는 할머니가 화투판을 엎으며 소리를 쳤다. 다들 나를 속이는 거라며. 며칠 후 화를 냈던 할머니가 사과를 한다며 음식을 잔뜩 해 왔다. 그 음식을 먹다가 남편이 죽고 난 뒤로 귀찮아서 음식을 잘 하지 않게 되었다는 이야기가 나왔다.

"그래서 다 같이 식당을 차리게 된 거예요. 팔리든 말든. 일단 우리가 맛있는 거 먹으려고."

그러면서 할머니들은 우리보고 운이 좋다고 했다. 자기네가 여덟 명의 할머니 중 가장 요리를 잘한다고. 그러니 가장 맛있는 날에 찾아온 거라고. 식당 입구에 앵두나무가 있어서 이모와 나는 앵두를 세 알씩 따 먹었다.

다시 시골길을 운전하다가 느리게 가는 트럭을 만났다. 이모는 추월을 하지 않고 느리게 그 차를 따라갔다. 트럭 뒤에는 아까 식당에서 본 것 같은 대나무 채반들이 크기별로 달려 있었다. 채반들이 흔들리는 것에 맞춰 나는 고개를 흔들어 보았다. 고개를 흔들며 채반을 보니 눈 코 입도 없는 채반이 웃고 있는 것 같았다.

나는 이모한테 엽서에 적힌 사연들을 몰래 읽어 보았다고 고백했다.

"뭐 근사한 내용 있었어?"

"거의 비슷하더라. 별거 없더라."

"그치. 별거 아니지. 그런데 또 별거지."

이모의 말이 웃겨서 나는 웃었다. 나는 창문을 열고 손을 내밀었다. 손가락을 펼쳐 바람이 손가락 사이로 지나가게 했다. 앞서 가던 트럭이 오른쪽 깜빡이를 켰다. 그리고 오른쪽 길가에 차를 세웠다. 커다란 나무 아래 평상이 있는 곳이었다. 이모가 트럭을 지나치며 저 평상에 누워 낮잠 자면 참 좋겠다, 하고 말했다. 그 말을 듣는데 갑자기 무슨 생각이 번뜩 스쳤다. 이모한테 차를 세워 달라고 했다.

나는 차에서 내려 트럭 쪽으로 뛰어갔다. 트럭 기사가 평상에 앉아서 물을 마시고 있었다.

"아저씨, 혹시 만물 트럭 기사예요?"

내가 묻자 아저씨가 그렇다고 했다.

"뭐 필요한 거 있니?"

나는 필요한 것은 없지만 구경을 해 보면 필요한 게 생길지도 모른다고 말했다. 아저씨가 트럭 짐칸을 열어 주었다. 오른쪽 맨 위에는 호미와 낫이 걸려 있었고 그 아래에 플라스틱 바가지나 세숫대야 같은 것들이 있었다. 배드민턴 채도 보였고, 돼지 저금통도 보였다.

"보이는 게 다가 아니야. 이 트럭에는 없는 게 없단다."

내가 농담으로 호루라기도 있냐고 물었더니 아저씨가 있다고 대답했다.

"탁구채 있어요?"

"있지."

"젓가락 있어요? 어른 거 말고 아이용 젓가락이요."

"아, 교정용 젓가락. 당연히 있지."

"손 선풍기 있어요?"

어느새 내 옆에 다가온 이모가 물었다.

"있죠. 곧 여름이니 많이 준비해 두었답니다."

아저씨가 손 선풍기가 잔뜩 들어 있는 박스를 보여 주었다. 이모가 작년 여름부터 사고 싶었다며 파란색 선풍기를 하나 꺼냈다.

나는 한참을 생각하다 만물 트럭에 절대 없을 것 같은 물건을 말했다.

"생일 케이크. 이건 절대 없죠?"

아저씨가 나를 트럭 반대쪽으로 데려갔다. 그쪽 문을 열자 냉장고가 보였다. 안에는 콩나물이랑 두부랑 삼겹살이랑 간고등어가 들어 있었다. 그리고 맨 아래에 생일 케이크가 있었다.

"사실 파는 건 아니고, 배달 중. 다음에 갈 마을 이장님 생일인데, 딸이 전화로 부탁했거든."

나는 아저씨에게 엄지손가락을 내밀며 만물 트럭으로 인정한다고 말했다. 혹시 아들이 체육 선생님을 하지 않느냐는 질문을 하려다 말았다. 각진 턱을 보면 닮은 것도 같은데 처진 눈을 보면 안 닮은 것도 같았다.

이모가 트럭을 둘러보다 꽃무늬 바지를 보더니 반색을 했다.

"우리 이거 하나씩 사자!"

"싫어. 쪽팔려."

내 말에 아저씨가 올여름은 엄청 더울 거라고 말했다. 냉장고바지라는 말이 괜히 나온 게 아니라고, 이것만 입으면 열대야도 이길 수 있을 거라고 말했다.

"그럼 이모. 엄마 아빠 것도 사 줘."

아저씨가 꽃무늬 바지 네 벌을 비닐봉지에 담았다. 아저씨에게 비닐봉지를 건네받으며 나는 생각했다. 한여름이 되면 아빠랑 엄마랑 똑같은 꽃무늬 잠옷 바지를 입고 수박을 먹어야지, 라고.

진 형 민 … 멍키스패너

팔자 늘어졌구나 싶었다. 엄마 없이 일주일 동안 내 맘대로 살 수 있다니! 다저녁때까지 교복도 안 벗고 소파에서 뒹굴대는 건 평소라면 꿈도 못 꿀 일이다. 게다가 나한테는 현금 10만 원이 든 봉투도 있다. 급한 일 있을 때 쓰라고 엄마가 주고 간 돈이다.

나중에 돈 생기면 사야지 했던 것들이 줄줄이 눈앞을 지나갔다. 앵두 빛깔 립밤과 고양이 핸드폰 케이스와 편의점 과자 몇 개. 뭔가 특이하고 맛있겠다 싶은 과자들은 값이 전부 3천 원이 넘었다. 하지만 이제 가격표 따위 거들떠보지 않아도 된다. 눈 돌아가게 비싼 과자를 아침저녁으로 사 먹어도 돈이 남을 판이다.

"언니, 배고파."

옆구리에 혹이 하나 붙어 있기는 했다. 나는 얼른 눈을 감고 자는 척했다. 여덟 살쯤 됐으면 밥 정도는 혼자 차려 먹을 수 있는 나이다. 나는 그 나이 때 내 밥을 알아서 차려 먹은 건 물론이고 우는 아기한테 분유를 타 먹일 줄도 알았다. 내 아기도 아닌데 내가 우유병 물리고 놀아 주고 다 했다. 그런데 그때 그 갓난쟁이 김한아는 아직도 아기 취급 받으며 세상 편하게 살고 있다.

"한아 가스 불 못 켜게 하고, 칼 못 만지게 하고, 유리컵도 절대

주지 말고."

엄마는 현관문 나서는 순간까지 한아 걱정을 했다. 냉장고 안에도 한아가 좋아하는 밑반찬들을 꽉꽉 채워 두었다. 다행히 한아는 밥투정이 없는 편이라 밑반찬에다 달걀이나 하나씩 부쳐 주면 군소리 없이 밥을 잘 먹긴 한다. 한아 발소리가 저만큼 멀어졌다. 내가 진짜로 자는 줄 알았나 보다.

졸졸졸졸졸.

오줌 누는 소리가 들렸다. 화장실 문이 열려 있어서 그런지 소리가 더 크게 들렸다. 똥 누는 게 아니라 얼마나 다행이야. 애써 느긋한 척하는데 한아가 끄응, 힘주는 소리를 냈다. 그래도 문 닫고 싸라는 말을 차마 못 했다. 그저께 화장실 전등불이 나갔기 때문이다. 엄마가 없는 줄 어떻게 알고 그날 밤 귀신같이 불이 나갔다. 화장실에는 창문이 없어서 낮에도 불을 안 켜면 뭐가 뭔지 하나도 보이지를 않는다. 그러니 어쩌겠나. 사실은 나도 화장실 문을 반쯤 열어 두고 볼일을 보는 중이다.

"언니이이이."

한아가 또 나를 불렀다. 뒤를 길게 늘여 부른다는 건 자기가 해결할 수 없는 일이 생겼다는 뜻이다. 계속 자는 척할까 하다 그냥 일어났다. 슬슬 배가 고파 왔다.

"왜?"

화장실 앞에 서서 물었다. 한아가 세면대 앞에서 손을 어정쩡하게 들고 나를 돌아봤다. 세면대 안에는 비누 거품 둥둥 뜬 물이 넘칠 듯 차 있었다.

"물이 안 내려가."

나는 한아한테 비키라 하고 뿌연 물속에 손을 담가 배수구 마개를 찾았다. 동전같이 생긴 마개를 누르면 배수구 구멍으로 마개가 쏙 들어가 물이 안 빠지게 막아 주고, 다시 한번 누르면 도로 튀어 올라와 벌어진 틈새로 물이 빠지게 된다. 한아가 손을 씻다가 자기도 모르게 마개를 누른 모양이다.

"언니가 저번에 알려 줬지? 이렇게 한 번 더 누르면 물이……."

물이 내려가지 않았다. 손으로 더듬어 보니, 마개가 구멍 안으로 쏙 들어간 상태였다. 뭐지? 그럼 방금 전에 열려 있었다는 말인가? 마개를 다시 눌렀다. 마개가 위로 올라오면서 손끝으로 틈새가 만져졌다. 그런데 물이 조금도 내려가지 않았다.

"나도 해 봤어. 근데 안 돼."

한아가 이마를 찡그렸다. 나는 한아가 손을 마저 헹굴 수 있게 샤워기 물을 틀었다. 한아가 화장실 바닥에 쪼그려 앉아 손을 비벼 씻었다. 불이 안 들어오는 화장실에 물이 안 내려가는 세면대라니! 일이 점점 더 꼬이고 있었다. 엄마가 집에 오려면 아직 4일이나 남았다.

일단 저녁밥을 먹기로 했다. 냉장고에서 감자조림과 시금치무침을 꺼내고 달걀을 두 개 부쳤다. 구운 김도 꺼내 포장지를 뜯었다. 한아가 식탁을 쓱 훑어보더니 장조림 담긴 통을 들고 왔다. 반찬 아껴 먹어야 한다고 잔소리를 할까 하다가 말았다. 지금은 그보다 더 중요한 문제가 있다.

전등불이야 원래 오래 쓰면 저절로 나가고 했으니까 뭐 그렇다 치고, 세면대는 갑자기 왜 저럴까 생각해 봤다. 요즘 들어 세면대 물 내려가는 속도가 좀 느리다 싶긴 했지만 이렇게 안 내려간 적은 한 번도 없었다.

한아가 반찬 집으려고 몸을 숙일 때마다 머리카락이 앞으로 쏟아졌다. 고무줄을 가져와 뒤통수 위에다 동그랗게 말아 묶어 주었다. 그러고 보니 어제 오늘 세면대에서 머리를 감았다. 내 머리도 감고 한아 머리도 감겼다. 화장실 문을 열어 놓고 샤워까지 하기는 좀 그래서 급한 대로 세면대에다 몸을 숙이고 샤워기 물을 틀어 머리만 대충 감고 지나갔다.

한아는 머리가 제법 길다. 엄마가 몇 번이나 잘라 주려고 하는 걸 내가 못 그러게 막았다. 한아도 이제 학교에 들어갔으니 본격적인 사회생활이 시작된 셈이고, 그렇다면 뭐 한 가지라도 사람들 눈에 띄는 편이 낫다. 안 그러면 애들 속에 묻혀 이도 저도 아닌 인생 시작인데, 한아까지 그렇게 살게 할 수는 없었다. 그래서 나는 아침마다 한아의 긴 머리를 묶거나 땋거나 여기저기 핀을 꽂거나 알록달록 화려한 머리띠를 둘러 주고 있다. 애는 집에서 엄청 관리하는 애라고 표시를 해 두는 것이다.

사실은 나도 머리가 길다. 그렇다고 한아처럼 남들 눈에 좀 띄어 보려는 수작은 절대 아니다. 우리 반만 해도 머리 짧은 애보다 긴 애가 훨씬 많으니까 애당초 이런 걸로 눈에 띌 수도 없다.

나는 초등학교 6학년 때 큰맘 먹고 머리를 짧게 자른 적이 있다. 그때 내 머릿속에는 어떤 일에도 결코 호들갑 떨지 않고 상대의 심장을 쿡쿡 찌르는 말을 내뱉는 머리 짧은 여자애가 있었다. 초등학교에서의 마지막 해였고, 나는 그런 애로 아이들 기억 속에 남고 싶었던 것 같다. 그런데 머리를 자르고 학교에 간 날, 아이들의 반응이 내 예상과 좀 달랐다. 표현의 차이는 조금씩 있었지만 결국은 다 같은 얘기였다.

"자르지 말지. 너 얼굴 엄청 커 보여."

애들이 돌아가며 하는 말들이 내 심장을 쿡쿡 찔렀다.

"진짜? 아이씨, 어떡해. 이렇게 앞머리 내리면 어때? 아직도 커 보여? 쫌 다시 보라고. 이래도 얼굴 커 보여?"

결국 나는 온갖 호들갑을 다 떨며 머리를 기르기 시작했고, 그때 이후로 다시는 머리를 뭉텅뭉텅 자르지 않았다. 미용실에서 머리끝만 살짝 다듬고 집에 오면 엄마가 고만큼 자를 거 왜 비싼 돈 들여 미용실에 가느냐고 야단을 했지만 그 정도 구박에 흔들릴 내가 아니었다. 원래 호되게 겪은 일에서 얻은 교훈은 뼈에 새겨지는 법이다.

그래서 우리 자매는 둘 다 치렁치렁한 머리채를 휘날리며 사는 중이고, 엄마는 일 끝나고 집에 와 쉬다가도 두꺼운 테이프를 손바닥에 뒤집어 감고 방바닥이며 거실 바닥에 떨어진 머리카락들을 찍찍 찍어 내곤 했다. 이노무 찍, 가시나들 찍, 머리를 다 찍찍, 밀어 버릴라 찍찍찍.

아무튼 세면대 물이 안 내려가는 이유는 우리 자매가 이토록 긴 머리를 세면대에 거꾸로 쏟아 넣고 샴푸를 쭉쭉 짜서 구석구석 비벼 감고 헹구는 동안 배수구 구멍으로 빠져나간 머리카락들 때문이라고 짐작됐다. 그러니 이를 어쩌면 좋단 말인가. 밥을 한 그릇 다 먹었는데도 적당한 방법이 떠오르지 않았다. 밥을 한 그릇 더 먹어 보기로 했다.

학교 갔다 집에 오는 길에 철물점에 들렀다. 만년철물점. 볼 때마다 가게 이름이 좀 지나치다는 생각이 들었다. 천년만년 철물점을 하겠다는 뜻인 것 같은데, 뭘 그렇게까지 굳센 의지로 장사를 하나 싶었다.

"할머니."

가게 안으로 들어가 주인 할머니를 불렀다. 만년철물점은 경빈이 할머니네 가게다. 경빈이는 한아 어린이집 친구인데 한동안 할머니랑 살다가 학교 들어가면서 다시 엄마 집으로 갔다. 그 뒤로 할머니는 한아를 볼 때마다 경빈이 안 보고 싶냐고 물으면서 사탕도 주고 요구르트도 준다.

"뭐 주랴?"

할머니가 구석에서 밥을 먹다 말고 나왔다. 점심을 먹기에는 늦은 시간이었다.

"아뇨. 뭐 사러 온 건 아니고……."

교복 윗도리 주머니에 두 손을 밀어 넣었다. 뭘 사러 온 게 아니라서 괜히 눈치가 보였다.

"집에 세면대 물이 안 내려가서요."

"물이 쫄쫄쫄 내려가? 아니면 아예 안 내려가?"

"아예 안 내려가요."

"그거는 저기다 물어봐야지."

할머니가 길 건너 가게를 가리켰다. 한성설비. 맨날 지나다니는 길인데 저런 가게가 있는 줄 처음 알았다. 세면대, 화장실, 싱크대, 막힌 건 뭐든 다 뚫어 주는 데라고 했다. 역시 세상에 해결하지 못할 일은 없다. 나는 엄마가 주고 간 돈을 좀 쓰더라도 세면대를 뚫기로 했다.

"대충 얼마쯤 해요?"

비싸 봤자 얼마나 비싸겠느냐고 헐렁하게 생각한 것 같다. 코앞에 있는 아파트에 와서 고작 머리카락 좀 빼 주는 일이었다. 그런데 할머니 말을 듣고 뒤로 넘어갈 뻔했다. 한성설비 사장님은 이것저것 못 고치는 게 없는 기술자라서 어디든 한 번 방문할 때마다 기본 출장비가 5만 원이라고 했다. 아직 출장비를 낸 것도 아닌데 피 같은 돈을 왕창 뜯긴 기분이 들었다. 누굴 호구로 아나? 얼굴을 찌푸리자 할머니가 대뜸 나무라는 소리를 했다.

"그 정도 값도 안 내고 사람을 부르려고? 비싼 물건들은 척척 사면서 일하는 사람한테 주는 돈은 왜들 그렇게 아까워하는지."

할머니 말도 틀린 건 아니지만 그렇다고 무조건 고개를 끄덕일 수도 없었다. 돈이 많다면야 5만 원이든 얼마든 순순히 낼 수 있겠지만 내 형편이 그렇지가 않은 걸 어떡하나. 전 재산의 절반을 털어 세면대를 뚫을 수는 없는 노릇이었다. 꾸벅 인사를 하고 돌아서는데 할머니가 가게 밖까지 나를 따라 나왔다.

"그러면 관리사무소에 한번 가 보든가. 원래 세면대까지는 안 봐 주는데 또 모르지, 말을 잘하면 봐 줄지도."

나는 한성설비 쪽으로는 고개도 안 돌리고 부지런히 걸음을 옮겼다. 아파트 관리사무소에는 한 번도 가 본 적 없다. 가끔 거실 벽에 붙어 있는 스피커로 관리사무소에서 알려 드립니다 어쩌고 저쩌고 하는 방송을 들어서 귀에 익숙하기는 한데 거기가 뭐 하는 곳인지, 어디에 붙어 있는지는 알지 못했다.

"있다!"

혹시나 해서 아파트 입구에 있는 안내판을 훑어보는 중이었다. 이쪽으로 가면 302동, 저쪽으로 가면 305동, 방향을 알려 주는 화살표 모양 안내판에서 관리사무소 팻말을 찾아냈다. 관리사무소는 아파트 후문 쪽으로 가라고 돼 있었다.

할머니 말대로 또 모르는 일이었다. 나는 원래 말 한마디에 천 냥 빚을 갚네 어쩌네, 뭐 이런 얘기를 별로 좋아하지 않는다. 듣기 좋은 말 몇 마디로 은근슬쩍 남의 돈을 떼어먹으려 들다니, 한두 푼도 아니고 자그마치 천 냥씩이나! 아무리 말을 잘한다 해도 양심상 그러면 안 되는 거 아닌가. 엄마도 말만 번지르르한 사람은 아무짝에도 쓸데가 없다고 했다. 하지만 지금 이 상황은 경우가 좀 다르다. 뻔뻔스럽게 빚을 다 없애 달라는 게 아니라 그저 막힌 세면대를 좀 봐 달라는 거니까 그 정도는 서로 돕고 살 수도 있을 것 같다.

그런데 관리사무소가 보이지 않았다. 후문 앞까지 왔는데도 노인정 말고는 다른 건물이 없었다. 몇 번을 왔다 갔다 하면서 둘러봤지만 주변에 아무것도……. 아무것도 없는 줄 알았는데 계단이 있었다. 노인정 한쪽 벽을 따라 지하로 내려가는 계단이었다. 고개를 길게 빼고 아래를 내려다봤다. 계단 밑 유리문 위에 붉은 글자가 보였다. 찾았다, 관리사무소.

문을 밀고 들어가니, 회색 점퍼를 입은 아저씨가 소파에 앉아 있었다.

"무슨 일로 왔니?"

아저씨가 물었다.

"저희 집에 뭐가 고장 나서요."

나는 사실대로 얘기할 참이었다. 세면대가요, 어제부터 물이 안 내려가서요.

아저씨가 자리에서 일어났다.

"고장 났어? 뭐가?"

사실대로 말을 하되 아주 약간만 가여운 척하려고 했다. 저희 엄마가요, 지금 어디 가셔서 집에 저랑 동생밖에 없는데요, 저희가 며칠 동안 계속 씻지를 못해서요.

아저씨가 내 쪽으로 다가왔다.

"몇 동 몇 호인데?"

나도 모르게 침을 꿀꺽 삼켰다. 엄마는 나를 붙잡고 여러 번 얘기했다. 집에 오면 보조 걸쇠까지 다 잠그고 있으라고, 누가 와서 벨을 눌러도 문 열어 주지 말라고, 누구세요? 묻지도 말고 그냥 가만히 있으라고, 그리고 어디 가서 집에 엄마 없다는 말 절대 하지 말라고.

"집에 어른 안 계셔? 왜 학생이 왔어?"

아저씨가 또 물었다. 나는 미처 생각하지 못했다. 세면대를 고치려면 처음 보는 아저씨가 집 안으로 들어와야 한다는 사실을, 그리고 그 집에는 나와 한아밖에 없다는 사실을.

"엄마 밖에 계세요. 엄마랑 같이 올게요."

나는 유리문을 열고 계단을 뛰어 올라갔다. 그리고 길을 빙빙 돌아 집으로 갔다. 누가 뒤따라오지 않는지 돌아보고 싶었지만 그럴 수가 없었다. 진짜로 누가 있을까 봐 가슴이 쿵쿵 뛰었다.

외숙모가 전화를 했다. 한아 데리고 집에 와서 저녁 먹으라고 했다. 한아를 흔들어 깨웠다. 방에서 혼자 노는 줄 알았는데 그새 잠이 들었다. 한아는 잘 때 깨워도 칭얼대지 않는다.

버스 두 정거장 거리를 걸어서 갔다. 버스카드 안에 남은 돈이 간당간당했고 별로 멀지도 않았다. 외숙모는 저번보다 몸이 더 불어 있었다. 아기 낳을 때가 얼마 안 남았다고 했다. 한아가 엄마 배 속에 있을 때 어땠는지 옆에서 다 본 것 같은데 기억이 잘 나지 않는다. 그런데 외숙모 배를 보니 와, 장난 아니구나 싶었다. 외숙모는 손발도 퉁퉁 붓고 앉았다 일어설 때마다 휘유 숨을 몰아쉬었다. 밥 차려 먹기 귀찮아서 온 건데 갑자기 미안한 마음이 들었다.

한아는 김치찌개 안에 있는 꽁치를 세 토막이나 먹었다. 밑반찬만 놓고 밥을 먹다가 찌개가 있으니 좋은 모양이었다. 나도 찌개 국물에 밥을 자작자작 비벼 한 그릇을 다 비웠다.

"집에 별일 없니?"

외숙모가 냄비에 남은 김치찌개를 통에 담아 주며 물었다. 한아가 내 얼굴을 올려다봤다. 화장실 불이 안 들어오고 세면대 물이 안 내려간다는 얘기를 해도 되는지 눈으로 묻고 있었다. 나는 한아를 보며 고개를 슬쩍 내저었다. 우리도 엄마 없이 지내고 있지만 외숙모도 외삼촌 없이 혼자 버티는 중이었다. 엄마랑 외삼촌은 일 때문에 광주까지 트럭을 끌고 내려갔고, 일을 마칠 때까지는 집에 돌아오지 못할 것이다.

"아무 일 없어요."

"그래. 우리 소풍이도 아빠 올 때까지 잘 있다 나올 거지?"

외숙모가 부른 배를 내려다보며 물었다. 소풍이는 외숙모 배 속에 있는 아기의 별명이다. 세상에 소풍 오듯이 즐겁게 오라고 외삼촌이 지어 줬다고 했다. 외삼촌은 우리 생일 카드에도 가끔 멋진 말을 써 주곤 한다.

"소풍아, 잘 있어."

한아가 손으로 외숙모 배를 쓰다듬으며 인사했다.

집에 오다 편의점에 들렀다. 차비를 아꼈으니 과자 한 봉지씩은 사 먹어도 될 것 같았다. 엄마가 주고 간 돈이 아직 그대로 있었다. 이참에 돈을 펑펑 써 봐야지 했는데 막상 돈을 쓰려고 하면 아까운 생각이 들어 망설여졌다.

"먹고 싶은 거 골라."

한아가 신이 나서 진열대 쪽으로 뛰어가더니 금방 과자를 한 봉지 들고 왔다. 맨날 먹던 과자였다. 나는 그 과자를 원래 있던 자리에 두고 진열대 위쪽에서 비싼 과자를 골라 한아 손에 쥐여 줬다. 그리고 나도 한 번도 안 먹어 본 과자를 집어 들고 계산대로 가서 만 원짜리를 내밀었다. 우리는 진짜로 아무 일도 없는 것처럼, 이 정도 과자는 아무렇지도 않게 사 먹는 애들처럼 집으로 돌아왔다.

토요일 아침이라 그런지 공원 길이 한산했다. 평소라면 학교 가는 애들로 북적일 시간이었다. 자전거 속도를 좀 늦추고 뒤를 돌아봤다. 한아가 부지런히 페달을 구르며 쫓아오고 있었다.

"거의 다 왔어."

길 건너에 자전거 가게가 보였다. 다행히 문이 열려 있었다. 사장님이 자전거 바퀴에 바람을 넣다 말고 우리한테 알은체를 했다. 우리는 자전거를 다 여기서 샀고, 한아 자전거에 붙어 있던 보조바퀴도 여기 와서 뗐다. 사장님이 조임쇠를 풀어 양쪽 보조바퀴 떼는 모습을 바로 옆에서 전부 지켜봤다.

내가 찾는 것은 사장님의 공구 상자 안에 있었다. 신기하게도 한눈에 알아볼 수 있었다. 나는 그쪽으로 성큼성큼 걸어갔다. 그런데 손에 쥐니 생각보다 좀 무거웠다. 할 수 있겠어? 나를 시험하는 것 같아 문득 오기가 생겼다. 손아귀에 힘을 꽉 주고 사장님을 돌아보며 물었다.

"저, 이거 잠깐만 빌려주시면 안 돼요?"

어젯밤 양치질을 하는데 한아가 칫솔을 입에 문 채 세면대를 계속 힐끔거렸다. 세면대에는 여전히 물이 넘실대고 있었다. 하루 종일 화장실을 왔다 갔다 하며 물이 빠졌나 들여다봤지만 거의 달라지지 않았다. 한아가 나를 빤히 올려다봤다.

"언니, 얘 어떡해?"

어두워서 다른 건 잘 보이지도 않는데 이상하게 한아 눈동자가 똑똑히 보였다. 두 눈에 근심이 가득 차 있었다. 그래서 나도 모르게 말했다.

"내일 고칠 거야."

"누가?"

"언니가."

"어떻게 고치는지 알아?"

"너 저번에 연필깎이 고장 났을 때 누가 고쳐 줬어?"

내가 고쳐 줬다. 별로 대단치 않은 고장이었다. 연필깎이 뚜껑을 열고 톱니바퀴 사이에 박힌 연필심을 빼낸 뒤 다시 닫으면 되는 일이었다. 한아가 비로소 웃었고, 나는 보란 듯이 양칫물을 바닥에 퉤 뱉었다. 그리고 진짜로 생각했다. 한번 해 보지, 뭐. 안 되면 말고.

나는 이불 속에서 '막힌 세면대 뚫는 법'에 관한 동영상을 스무 개쯤 찾아봤다. 그리고 마침내 가장 확실해 보이는 방법을 발견했다. 요 정도는 얼추 따라 할 수 있겠다 싶었고, 무엇보다 돈이 전혀 들지 않는다는 점이 마음에 들었다. 그런데 도구가 하나 필요했다. 동영상에 나온 사람이 손에 들고 있는 도구 이름을 알려 줬다. 멍키스패너. 나는 그걸 어디서 봤는지 금방 기억해 냈다.

자전거 가게 사장님은 멍키스패너를 어디에 쓰려고 하는지 꼬치꼬치 묻더니, 쓰고 나서 바로 가져와야 한다고 몇 번이나 말했다. 나는 그러겠다고 대답했다. 가방에 멍키스패너를 챙겨 넣고 다시 자전거에 올라타는데 사장님이 우리 자전거 체인에 기름을 조금씩 발라 주었다. 페달을 밟자마자 자전거가 앞으로 쑥쑥 나갔다.

한아한테 세면대 안의 물을 퍼서 바닥에 버리라고 시키고, 나는 장갑을 낀 채 세면대 아래 쭈그리고 앉았다. 동영상에서 본 대로 부드럽게 구부러진 관이 거기 있었다. 비밀 동굴이라도 발견한 것처럼 좀 놀라운 기분이 들었다. 우리는 이 집에서 오래 살았고, 그래서 집 구석구석을 다 안다고 생각했다. 집 안에 이런 뜻밖의 공간이 있는 줄은 몰랐다.

"다 했어, 언니."

세면대가 비었으니 이제 일을 시작할 때다. 작업 순서는 머릿속에 다 있었다. 동영상을 다섯 번쯤 돌려 봤더니 저절로 외워졌다. 일단 구부러진 배수관 양쪽에 조여져 있는 너트를 풀어야 한다. 너트를 꽉 물도록 멍키스패너의 입 크기를 조절하고 힘주어 왼쪽으로 돌렸다. 한두 번은 좀 빽빽하게 돌아갔지만 그 뒤로는 술술 풀렸다. 양쪽 너트가 모두 헐렁해지자 배수관의 구부러진 부분이 통째로 떨어져 나왔다.

"으아악!"

배수관 끝에 검고 축축한 덩어리가 늘어져 있었다. 오래된 늪에서 건져 올린 쓰레기 같았다. 냄새도 지독했다.

"한아야, 나가 있어."

한아가 손가락으로 코를 꽉 쥔 채 고개를 도리도리했다. 코딱지만 한 게 그래도 의리가 있다.

"그럼 이거 들고 있어. 여기 잘 보이게."

핸드폰 플래시를 켠 다음 한아 손에 쥐여 주었다. 어두침침하던 세면대 아래가 환해졌다. 나는 숨을 꾹 참고, 철사 옷걸이를 꼬챙이처럼 만들어 배수관 안으로 밀어 넣었다. 물때가 잔뜩 낀 머리카락 뭉치가 바닥으로 툭 떨어졌다. 세면대 물이 못 내려가게 막고 있던 범인이었다.

아래쪽 문제는 해결했으니 이제 위쪽을 살펴볼 차례다. 동전처럼 생긴 세면대 마개를 한쪽으로 돌려 빼내자 물 빠지는 구멍 속에도 머리카락들이 잔뜩 걸려 있다. 이노무 가시나들, 머리를 다 밀어 버릴라. 어디선가 엄마 목소리가 들리는 것 같았다. 한아 머리에 꽂혀 있던 실핀을 하나 빼 달라고 해서 구멍 속 머리카락들을 건어 냈다. 줄줄이 딸려 나오는 머리카락들을 다 치우고 나니 구멍 저 아래로 타일 바닥이 내려다보였다. 여태 갑갑했던 속이 뻥 뚫렸다.

머리카락 뭉치들을 서둘러 비닐에 담고 꽉 묶었다. 순서를 까먹기 전에 마개와 배수관을 되짚어 끼워야 했다. 위쪽 마개를 제자리에 꽂아 반대로 돌리고, 아래쪽 구부러진 관도 원래 모양대로 맞춘 다음 멍키스패너로 너트를 다시 조이고, 마지막으로 물이 잘 내려가는지 확인!

"틀어? 튼다?"

한아가 수도꼭지를 잡고 자꾸 물었다. 마음이 조마조마한 듯했다. 사실은 나도 그랬다.

쏴아아 물이 쏟아졌다. 세면대에 잠깐 차오르던 물이 마개 틈새로 빠져나가기 시작했다. 꼬르륵, 꼬르르륵. 마지막 물 한 방울까지 싹 내려가고 세면대가 텅 비었다.

"별것도 아니네."

내가 말했다.

"별것도 아니네."

한아가 내 말을 따라 하며 웃었다.

자전거 가게에 멍키스패너를 돌려주고 오는 길에 철물점에 들렀다. 할머니가 밥통을 열고 막 밥을 푸고 있었다. 그래도 큰 소리로 물었다. 우리는 물건을 사러 온 손님이었다.

"전구 하나 주세요. 화장실 전구요."

나는 내친김에 나머지 문제도 해결하기로 했다. 할머니가 화장실 등 모양을 물어보더니 진열장에서 전구를 찾아 주었다.

"한아, 밥 먹었어?"

할머니가 냉장고에서 요구르트를 꺼내 한아하고 나한테 하나씩 주었다. 나 혼자 오면 절대로 얻어먹을 수 없는 요구르트를 홀짝이며 할머니한테 전구 가는 법을 물었다. 할머니는 철물점에서 파는 물건들에 대해 모르는 게 없었고, 엄마도 집에 뭐가 잘 안 돌아갈 때마다 여기 와서 할머니한테 묻곤 했다.

"전구 가는 거야 밥하는 것보다 쉽지."

할머니가 전구를 꺼내 자세히 보여 주며 전등에서 전구를 어떻게 빼내고 어떻게 다시 끼우는지 알려 주었다.

"전등 스위치 먼저 끄고, 장갑도 꼭 끼고."

엄마는 할머니한테 경빈이 결혼하는 거 볼 때까지 건강하게 사셔야 한다는 말을 자주 했다. 지금 생각하니까, 할머니가 여기서 철물점을 오래오래 하면 좋겠다는 말을 빙 돌려서 한 것 같다. 가게 이름은 여전히 마음에 안 들지만, 만년철물점이 천년만년 이 자리에 계속 있는 건 나도 찬성이다.

오랜만에 한아 목욕을 시켰다. 구석구석 비누칠도 하고 머리도 감겼다. 머리 위에 불빛이 환했고 샤워기 물도 따뜻했다. 한아가 세면대를 손으로 짚고 서서 "아, 좋다." 했다. 잘 닦아 놓은 세면대가 하얗고 단단하게 반짝였다.

우리는 젖은 머리를 길게 늘어뜨리고 식탁에 밥을 차렸다. 우리가 좋아하는 반찬들을 모조리 다 꺼내 놓았다. 엄마가 있을 때도 토요일 저녁밥은 특별하게 차려 먹었다.

나는 유리컵 두 개에 오렌지주스를 따랐다. 엄마는 한아한테 유리컵 주지 말라고, 깨뜨리면 다친다고 했지만 그렇다고 언제까지나 플라스틱 컵만 쓰게 할 수는 없다.

"두 손으로 꼭 쥐어."

주스는 유리컵에 마셔야 더 맛있고 더 멋있다. 한아도 이 맛과 멋을 누릴 자격이 있다. 우리는 챙 소리 나게 건배하고 주스를 마셨다.

밤에 엄마한테 전화가 왔다.

"한아는?"

"자."

"무슨 일 없지?"

"어."

"엄마 월요일 밤에 올라갈 거야. 집에 가면 열두 시 넘을지도 몰라."

"알았어. 근데 엄마, 나 엄마가 준 돈으로 뭐 하나만 사도 돼?"

"뭐?"

"그냥 갖고 싶은 거 있어서. 만 오천 원이야. 너무 비싸?"

"아니야. 사고 싶은 거 사. 밥 잘 챙겨 먹고."

전화를 끊고 누워서 오른쪽 손바닥을 폈다. 멍키스패너를 꽉 쥐었을 때의 느낌이 아직도 생생했다. 내 손아귀의 힘이 스패너를 통과하면서 몇 배로 커지는 느낌이었다. 스패너를 쥔 내 손이 단단히 조여져 도무지 풀릴 것 같지 않던 너트를 거뜬히 움직였고, 나는 그런 내 모습이 마음에 들었다. 어떤 일에도 호들갑 떨지 않고 상대의 심장을 쿡쿡 찌르는 말을 내뱉는 사람은 되지 못했지만, 스패너를 손에 쥐고 고장 난 것들을 스스로 척척 고치는 사람은 될 수 있을 것 같았다.

아까 철물점에 전구 사러 갔을 때 벽에 걸린 스패너들을 봤다. 반짝이는 새 스패너들이 크기별로 나란히 걸려 있었다. 손잡이가 노란색인 것도 있고 초록색인 것도 있었다. 할머니가 한아를 옆에 앉혀 놓고 김에 밥을 싸서 입에 넣어 주는 동안, 나는 스패너와 드라이버와 펜치를 천천히 구경했다.

"할머니, 이거 얼마예요?"

"뭐? 그거는 만 오천 원."

나는 초록색 손잡이 스패너를 만지작대다가 도로 걸어 두었다.

옆에서 쌕쌕 숨 쉬는 소리가 들렸다. 한아는 저녁밥을 먹자마자 잠이 들었다. 나도 잠이 쏟아졌다. 일어나 불을 끄고 다시 누웠다. 우리는 엄마 없는 다섯 번째 밤을 보내는 중이고 모든 것이 제자리로 돌아와 있었다.

잘했어, 김한경.

나는 눈을 감은 채 혼자 웃었다. 엄마가 오려면 이제 이틀 남았다.

김 보 영 … 치마와 마나

정수리까지 치켜올린 생활부장 쌤 눈썹이 멀리서도 눈에 들어왔어. 그 성난 눈매에 적갈색 뺨에 자글자글한 이마를 볼 때마다 꼭 마을 경비대장 같다는 생각을 해. 성벽 개구멍으로 몰래 빠져나가는 아이들을 밤낮으로 감시하느라 늘 신경이 곤두선 사람 말야. 아니, 골렘 같기도 해. 몸은 붉은 화강암이고 관절은 이끼가 낀 젖은 진흙이고, 마그마로 만들어져 성질이 불같은 종류 말야.

오늘 우리 동네 최고기온은 29도고 최저기온은 16도야. 글피가 망종이라지. 농부가 씨를 뿌리는 날이래. 열아홉 날만 지나면 하지야. 한 해 중 가장 낮이 긴 날이 금방 올 거야. 하지만 우리 학교는 아직 춘추복이야. 학교는 절기가 아니라 양력으로 돌아가고, 아직 6월 첫 월요일이 안 왔거든. 그건 교무회의가 안 열렸다는 뜻이지. 말하자면, 우리 학교 여름은 나흘 뒤에나 정해지고, 우리는 빨라야 다음 화요일에나 이 후덥지근한 카디건을 벗고 하복을 입을 수 있다는 뜻이지.

하지만 며칠 전만 해도 강풍에 폭우가 쏟아졌어. 낮도 밤처럼 어두컴컴했고 운동장에 내리꽂히는 번개에 칠판이 보랏빛으로 번쩍였지. 최고기온은 19도에 최저기온은 12도였지만 체감온도는 영하였어. 그래도 우린 마찬가지로 춘추복이었지.

생활부장 쌤은 방어진이라도 펼친 것처럼 교문 한가운데 떡 버티고 서 있었어. 구석에는 카디건을 안 입고 온 친구, 하복을 입고 온 친구, 스타킹이나 양말을 안 신고 맨다리로 온 친구들이 벌을 서고 있었지. 멀리서 보기엔 문제가 없어 보이는 친구들도 있었는데, 아마 브래지어를 안 입었거나, 안에 나시를 안 받쳐 입어서 브래지어가 비친다고 걸렸을 거야.

생활부장 쌤은 열이 머리끝까지 올라 있었어. 몸에 마그마가 끓는 골렘처럼.

내 복장은 그냥 불량한 수준이 아니었거든. 윗도리는 그럭저럭 챙겨 입었지만, 아랫도리는 치마가 아니었어. 적갈색 체육복 바지였지. 순면 재질에 통이 넓어서 긴바지인데도 바람이 술술 들어오는 좋은 옷이야.

사실 나는 중학교 들어와서 아직 한 번도 치마를 입어 본 적이 없어. 응, 진짜야. 아직 한 번도. 진짜라니까.

작년은 쉬웠어. 변종 바이러스가 세상을 뒤덮어서 학교에 거의 안 갔거든. 그땐 교문 지도고 뭐고 없었지. 하지만 이젠 등교를 하지 않겠어? 누가 학교에 민원도 넣었대. 여학생들이 선머슴처럼 바지 입고 돌아다녀서 동네 분위기 흐린다나. 그래서 지금 교복 집중 단속 기간이야. 알다시피, 우리 학교 생활부장 쌤이 좀……

유난하잖아?

다른 학교는 바지 교복에 생활복도 따로 있다던데. 우린 아직도 치마뿐이야. 서울에 얼마 안 남은 중학교 중 하나지. 바지 입으려면 사유서 내고 교장 허락 받아야 한다는데, 개교 이래 아직 성공한 애가 없대.

생활부장 쌤은 그제야 나를 발견했고, 어제는 내가 지금까지 한 번도 치마를 입은 적이 없다는 사실을 알았어. 성이 몹시 나서 펄펄 뛰었지. 그렇게 단단히 혼을 냈으니 당연히 오늘은 치마 입고 올 줄 알았나 봐.

"김현수, 너 이리 와."

쌤이 내게 손가락을 까닥였어.

그 말을 들으며 나는 오른쪽 위를 흘긋 보았어. 내 시야 구석에는 유리관처럼 길고 투명한 막대 두 개가 나란히 서 있어. 눈금이 다닥다닥 있는 막대. 한쪽에는 파란 용액이, 다른 쪽에는 피처럼 빨간 용액이 담겨 있는.

쌤이 나를 부르자 파란 막대에서 바닥의 마개를 뺀 듯이 용액이 슬슬 줄어들기 시작했어. 눈금을 보니 대강 10분의 1쯤 깎이다 멈추더라. 그건 쌤이 저렇게 머리끝까지 열이 뻗쳤는데도 내 MP, 그러니까 내 마나 포인트가 10분의 1밖에 깎이지 않았다는 뜻이야. 그런 걸 보면 확실히 나는 정상은 아냐. 그야, 자기 상태창이 보이는 것부터가 정상은 아니겠지만.

◇

"너도 알레르기 있어?"

"알레르기?"

내가 되묻자 선미가 허리에 감아 두른 담요를 쓱 들어 보였어. 왜, 찍찍이 있어서 허리에 고정할 수 있는 담요 있잖아.

"우리 치마 안감 폴리에스테르잖아. 나 순면 아니면 피부 뒤집어지거든. 치마는 천이 쓸려서 더해."

선미는 담요 안에 치마 대신 트렁크 반바지를 숨겨 입고 있었어. 무릎 주변 살이 우툴두툴하게 일어나 있었는데, 그렇게 심한 건 처음 봤어. 상해서 거품이 올라온 곤죽 같더라. 하도 긁어서 딱지가 다닥다닥 앉아 있었고. 늘 장수처럼 다리를 삐딱하게 쩍 벌리고 앉아 있어서 세상에 불만이 많은 줄 알았는데 알레르기였구나.

"생활부장 쌤이 어차피 살에 닿는 건 스타킹 아니냐는 거야. 내가 스타킹도 순면 아니라고 했더니만, 특별히 허락할 테니 긴 양말 신으래. 고마워 돌아가시겠다, 더워 뒈지겠는데."

내 책상 주위에는 지금까지 버틴 저항군들이 옹기종기 모여 있었어. 생활부장 쌤이 나를 찾아냈을 때 그 애들도 나를 찾아냈어. 벌써 전우애가 끈끈하더라고. 응? 내가 어떻게 아직까지 안 들켰

냐고? 그야, 우린 학교 거의 안 왔고, 난 완전 눈에 안 띄는 애거든. 레인저처럼.

"알레르기 없어."

내가 답했어.

"그럼 너도 추위 많이 타?"

가연이가 물었어. 가연이는 윤주를 뒤에서 꼭 끌어안고 요정처럼 매달려 있었어. 가연이는 한여름에도 춘추복을 입고 다녀서 작년에도 등교일마다 걸려 혼나는 걸 봤어. 윤주하고 가연이는 원래는 안 친했는데, 가연이가 몸이 차고 윤주가 열이 많은 걸 서로 알게 된 뒤로는 늘 저렇게 딱 붙어 다녀.

"생활부장 쌤이 뭐래?"

선미가 얼굴을 가까이 들이밀며 물었어.

"내일도 바지 입으면 선도위원회 연대."

내 답에 선미와 가연이가 우우 히익 소리를 내며 뒤집어졌어.

"그거 일진만 불려 가는 데 아냐?"

"무슨 바지 좀 입었다고 재판까지 열어?"

"지금까지 걸린 거 쪼잔쪼잔하게 꼼꼼하게 다 벌점 먹여서 열 수도 있어. 우리 큰언니 학교에서 운동했는데 담임이 그렇게 엿 먹였다더라."

윤주가 핸드폰에 뭔가 계속 쓰며 말했어. 그 말에 모두 시름이 깊어졌어. 윤주가 말하는 '운동'은 헬스장이나 약수터에서 하는 그런 운동이 아냐. 윤주네 집안은 할머니 때부터 동네에 문건을 돌리고 피켓이나 현수막을 들고 거리를 돌아다니는 일을 했대. 윤주는 옹알이할 때부터 큰언니 쫓아다니며 길에서 학생인권조례 서명도 받고, 투표권을 만 18세로 내리는 운동도 했다는데, 어디까지 믿어야 할지는 모르겠어. 윤주가 바지를 입는 건 바지가 좋아서는 아닌가 봐. 저항운동, 뭐 그런 건가 봐. 아마 치마를 못 입게 했으면 치마를 입었겠지.

윤주가 지금 인터넷에 올리는 건 학교 욕이야. 친구들이 '또 욕해?' 할 때마다 윤주는 '고발'이라고 정정하지만……. 그래도 욕 같기는 한데. 윤주는 애들한테도 미움 많이 받아. 잘난 척한다고. 윤주는 그걸 '업보'라고 해. 의도야 어쨌든 누군가를 욕한 대가라고……. 역시 욕이지?

"그럼 너 어떻게 되는 거니?"

가연이가 걱정 가득한 얼굴로 물었어.

"부모님 불려 오고. 재판 받는 거지."

선미가 음울하게 말을 이었어.

"형량에 따라 수치스럽게 학교 청소 아니면……."

"출석정지 먹나?"

가연이가 자기가 말하고 자기가 놀랐어.

"야, 무슨 바지 입었다고 출석정지냐. 죄지었냐?"

"어차피 벌점제잖아. 뭘 하든 80점 채우면 출석정지 먹는데 수업 시간에 졸기만 해도 이론상 출석정지 쌉가능이지. 너도 혹시 어디 단체 속해 있어? 어디야?"

단체는 무슨 단체야, 바지가 뭐라고…… 하며 선미가 핀잔을 주는 동안 내가 답했어.

"아냐. 난 치마 입으면 MP가 깎여."

"MP가 뭔데?"

가연이가 물었어.

"마나 포인트. 마나라는 말은 오세아니아 주변 멜라네시아와 폴리네시아 군도에서 쓰는 말인데, 만물에 깃든 영적인 힘을 말해. 한국에는 비슷한 개념으로 '기'가 있어. 쉽게 말하면 정신력 수치야. 난 그게 치마를 입으면 반 깎여."

그 말에 다들 잠잠해졌어. 어찌나 공기가 무겁게 가라앉았는지, 교실 저쪽에서 유튜브 올린다고 이어폰을 끼고 아이돌 군무를 추던 아이들까지 이쪽을 돌아보더라.

"공부만 해도 마찬가지로 MP가 깎여. 오후에는 더 빨리 줄어들고. 그래서 치마 입으면 난 하루치 마나를 다 써 버리고 말아. 마나를 다 쓰는 일이 잦으면 자칫 정신에 영구적인 손상이 와."

선미는 눈을 깜박거리며 내 말을 듣다가 벌떡 일어나 내 가방을 뒤지려 들었어.

"너 게임 하지? 무슨 게임 해?"

◇

점심시간에 탈의실에 갔어. 외진 데 있고 좁아서 한 번도 써 본 적은 없는 곳이야. 가다가 쉬는 시간이 끝나 버리니까. 수업 째는 애들이 숨는 용도로나 써. 안 그래도 두 명쯤 구겨져서 자고 있더라.

나는 가방에서 교복 치마를 꺼내 입어 보았어. 비닐 같은 안감이 정전기를 일으키며 살에 쩍쩍 달라붙었어. 통이 좁고 트임도 주름도 없어서 종종걸음으로 걸을 도리밖에 없는 옷이야. 허릿단에는 고무줄도 허리띠도 없어. 지퍼를 올리고 빳빳한 허릿단으로 부드러운 뱃살을 조인 뒤 훅을 채우는 것이 전부야. 나는 작년보다 5센티미터는 더 자랐고 교복은 더 작아졌어. 숨만 쉬어도 훅이 뜯어져. 실을 두툼하게 보강했더니 이제는 천이 뜯어지려 해.

소문에 의하면 선배들이 투표로 정한 옷인데, 자기들이 입은 것보다 불편해야 한다고, 제일 나쁜 옷으로 꼼꼼히 골랐다더라.

꼭 재봉 기술도 옷본도 없는 세상에서 여자를 본 적도 없는 멍청이가 만든 옷 같아. 아니, 그 이상이야……. 이 옷을 누가 입든 그건 사람이 아니라고, 사람의 형상을 한 물건이라고, 움직이거나 숨도 쉬지 않는 물체라고 믿어 의심치 않는 사람이 만든 것 같아.

거기까지 생각이 미칠 즈음, 내 시야 한구석에 떠 있는 투명한 막대 안에서 푸른 용액이 쭈욱 떨어지기 시작했어.

'제발, 제발 멈춰.'

나는 기도했지만, 눈금은 속절없이 떨어졌어. 그리고 언제나처럼 반쯤 내려가서야 멈췄어.

내가 전에 살던 세상에서는 이런 옷을 입는다는 건 상상도 못 했을 거야.

아, 아직 말을 안 했구나.

왜, 그런 이야기 들어 본 적 없어? 평범하게 살다가 게임 속 세계로 가서, 그 세계의 이름 없는 조연이나 엑스트라 몸에 들어가 사는 이야기. 나는 그걸 거꾸로 한 모양이야. 너희가 많이 하는 게임 어느 구석에 살았던 이름 없는 NPC* 중 하나였을 거야. 에……, 이렇게 모호하게 말하는 이유는, 사실 기억은 안 나서야. 하지만 저 상태 창은 어릴 때부터 보였어. 난 왜 이럴까 고민을 많이 했는데, 말이 되는 설명은 그것 하나뿐이더라고.

내 말투도 좀 이상하지? 누구한테 말하나 싶지? 좀 봐줘. 내가 게임 속 인물이라면 누가 어디서 날 지켜보지 않겠어? 혹시나 누가 거기 있으면 티를 내 달라는 심정으로 이렇게 말하듯이 생각하곤 했는데, 그게 습관이 됐지 뭐야.

아무튼, 거기서도 난 지식이든 능력이든 딱히 가진 게 없었나

---

*Non-Player Character의 줄임말로, 게임 안에서 조작할 수 없는 캐릭터.

봐. 건너오면서 기억도 다 사라지고, 저 상태 창만 남은 거지. 파란 막대가 MP, 정신력이고 빨간 막대가 HP. 헬스 포인트, 그러니까 내 체력이야. 상태 창뿐이고 다른 건 없어. 선택 창조차도. 그래서 내가 생각을 잘 못 바꾸나 봐.

나는 아마도 전쟁에 동원된 어느 시골 어린애였을 거야. 이름도 없이 주인공 뒤를 멀리서 쫓아다니는 NPC였겠지. 뼛속까지 찬 바람이 스며드는 얼음장 같은 병영에서 다른 어린 병사들과 함께 끌어안고 추위를 견디곤 했을 거야. 벌레가 들끓는 흙바닥에서 얇은 이불 하나만 두르고 자다가, 눈만 뜨면 신발을 동여매고, 피 냄새가 가시지 않은 창을 손에 쥐고, 함성을 지르며 전장에서 이리 뛰고 저리 뛰었겠지. 저 멀리서 중무장을 한 기사들이 흙먼지를 일으키며 말을 타고 달려오면, 말발굽에 밟히지 않으려 먼지구름 속에서 이리 구르고 저리 구르며 내 재빠름만으로 그날의 목숨을 건졌을 거야.

거기서 이런 옷을 입고 살았으면 난 바로 죽었을 거야. 그러니까 내가 치마를 입으면 MP가 떨어지나 봐.

정말 희한한 옷이야. 입을 때마다 꼭 내게 말하는 듯해. 네 세상은 더없이 완벽하고 안전하며 모든 것이 갖춰져 있다고. 누구도 너를 해치지 않고, 공격하거나 위협하지 않는다고. 뛰거나 달릴 필요도, 일하거나 움직일 필요도 없다고. 추위도 더위도 없고, 비도 눈도 오지 않고, 바람도 불지 않……

……을 리가 없잖아?

◇

점심시간이 끝날 무렵에 누가 불러서 복도로 나갔어. 가 보니 학생위원 애들이 우글우글 모여 있더라. 맨 앞에 선 애는 전부터 나를 눈꼴시어하던 1반 반장이었어. 위원이 되면 봉사 점수가 몇 점 오르는지 꼼꼼하게 계산하면서 사는 애야. 경비대원처럼 생활부장 쌤 옆에 딱 붙어 다녀.

"생활부장 쌤이 내일부터 학칙을 더 늘린대."

1반 반장이 무시무시한 눈으로 날 째려보았어.

"화가 단단히 나서, 앞으로는 양말하고 구두하고 머리끈 색깔도 검은색만 되고, 무늬 있는 것도 안 된다는 거야. 이제 머리핀도 머리띠도 못 한대. 어쩔 거야?"

다른 학생위원 애들이 연이어 따졌어. 1반 반장처럼 봉사 점수에 목맨 애들이야.

"너 때문에 우리까지 피해받잖아!"

"우리가 얌전히 말만 잘 들었으면 한 달쯤 있다가 집중단속기간 끝내고 바지도 입게 풀어 줄 생각이셨대. 그런데 너 같은 애들 때문에 열이 너무너무 받아서 그렇게 못 하겠다는 거야. 어쩔 거야?"

치마를 입었으면 바지를 입게 해 줬을 거라고? 말도 안 되는 소리. 만약 정말 그랬으면 '너희 모두 치마를 좋아하는구나!' 하고 계속 치마를 입혔겠지. 생활부장 쌤은 치사하게 불만의 화살을 내게 돌리는 것뿐이야.

그렇게 생각하면서도 나는 풀이 죽었어. 생활부장 쌤 말이 진짜였을 가능성이 만분의 일, 천만분의 일이라도, 아니, 학교에 그렇게 믿는 애가 딱 한 명만 있어도, 그것만으로도 내 마나는 바닥날 것 같았기 때문이었어.

긴장이 팽팽하게 오가는 바람에 내 앞에 선 애들 상태 창이 희미하게 눈에 들어왔어. 내가 누군가에게 집중하고 그 사람도 내게 집중하면 곧잘 일어나는 일이야.

다들 MP가 눈에 띄게 낮아져 있었어. 게다가 하나같이 막대 상태가 엉망이었어. 실금이 자잘하고 군데군데 구멍이 나서, 마나가 똑똑 새고 있었어. 아마 요새 생활부장 쌤에게 너무 시달려서인가 봐.

사실 상태 창을 볼 수 없는 다른 사람들도 자신의 체력이 바닥난 것은 아는 듯해. 땀이 나고 다리가 후들거리고 배고프고 잠이 쏟아지니까. 하지만 MP는, 정신력은 도무지 몰라. 마나가 떨어지면 그걸 판단하는 머리도 같이 망가져서인가 봐. 아니, 정말 모르는 걸까? 조금은 느끼지 않을까? 어른들은 바닥난 정신력을 채우려고 친구들과 고주망태가 되도록 술도 마시고 여기저기 놀러도 다니잖아? 그러면서 우리더러는 그 시간을 아껴 공부하래. 우리는 마치 정신력이 무한하기라도 한 것처럼.

교실에서 선미가 허리에 담요를 두른 차림으로 뛰쳐나왔어. 윤주도 왔어. 그건 윤주에게 껌딱지처럼 붙어 있는 가연이도 같이 왔다는 뜻이야.

“너희들 뭐야? 깡패야? 왜 남의 교실 와서 이래?”

선미가 학생위원 애들을 밀치며 내 앞을 가로막았어.

“우리 괴롭히는 건 생활부장 쌤이잖아? 얘가 학칙 만들었냐? 그깟 바지 좀 입었다고 사람 괴롭히는 게 더 이상하지 않아?”

“우린 바보라서 학칙 지키는 줄 알아? 학생이면 학생답게 본분을 지켜야지!”

1반 반장이 따졌고 선미도 지지 않고 덤볐어.

“다른 학교 본분하고 우리 학교 본분은 왜 다른데? 민원 넣은 건 어떤 자식이야. 지나가던 여중생이 치마 안 입어서 생활 안 될 정도면 집에서 나오지도 말라 그래!”

옆에서 윤주가 소리를 지르며 달려들고, 그러다 보니 어느새 다 같이 머리채를 잡고 뜯고 소란스러워졌는데, 복도 저쪽에서 큰 소리가 났어. 우린 다 흠칫 놀라서 굳었어. 생활부장 쌤이었어. 머리 위로 거무튀튀한 기운이 천장까지 치솟고 있더라.

나는 생활부장 쌤을 볼 때 가끔 와락 겁에 질릴 때가 있어. 혼날까 봐서가 아니야. 쌤이 뚜벅뚜벅 다가오자 쌤의 MP 막대가 희미하게 시야 한구석에 나타났어. 금이 가거나 갈라진 수준이 아니야. 박살이 나 있어. 내장이 갈라진 짐승처럼 푸른 용액이 줄줄 흘러내려.

"김현수, 너, 아직도 바지니?"

말이 끝나자마자 쌤의 마나가 불끈 치솟았어. 다 찼을 때의 반쯤은 올라갔어. 그릇이 없어서 저래. 마나를 채울 그릇이 박살 난 사람이 마나를 채우려면 강한 힘으로 끌어올릴 수밖에 없는데, 그러려면 늘 센 자극을 찾아야 돼. 생활부장 쌤에게 가장 센 자극은 우리가 주눅 들고 힘들어하는 걸 보는 거야.

난 그릇이 깨진 어른들을 많이 봤어. 그럴 수밖에. 다들 MP가 안 보이니까. 관리하지도 소중히 여기지도 않으니까. 그릇이 깨진 사람들은 물 밖에 밀려 나온 물고기처럼 늘 허덕이며 살아. 무엇을 하든 기쁘지 않고, 무엇으로도 행복해지지 않아. 그러다 보면, 어떻게든 주변 사람을 힘들게 만들어야 자기가 얼마나 아프고 힘든지 이해받으리라 믿게 되는 것 같아.

"남들 다 견디는 거, 너는 왜 못 견뎌? 너는 뭐가 그렇게 특별해? 남들과 뭐가 그렇게 다르냐고."

생활부장 쌤이 어릴 때 복장 단속을 지독하게 받았다는 말은 귀에 딱지가 앉도록 들었어. 쌤은 그때 그릇이 다 깨진 모양이야. 쌤은 우리가 받는 단속이 어찌나 허술한지, 자기가 받았던 고통의 반의반도 겪지 못한다고 생각해. 그래서는 우리가 자기를 이해할 수 없다고 믿어. 말은 안 하지만 진짜 그렇게 믿어.

나는 저렇게 되고 싶지 않아. 난 대단하거나 유명한 사람이 되고 싶지 않아. 내 주변 어른들도 다 대단하지도 유명하지도 않은데, 뭐. 내가 바라는 건 하나뿐이야. 내 마나를 담는 그릇이 망가지지 않기를 바라.

하지만 안 되려나 봐. 중학교는 의무교육이고, 나는 이 학교를 벗어날 수 없고, 그러려면 치마를 입어야 해.

◇

생활부장 쌤은 나쁜 마법사처럼 우리 모두에게 저주를 걸었어. 선미도, 윤주도, 그리고 나도 속절없이 치마로 갈아입어야 했지. 선미는 담요를 빼앗기고 수업 끝날 때까지 스타킹도 신어야 했어. 쌤은 속옷이 비친다는 트집을 잡아서 면 티도 하나 안에 입혔어. 선미는 29도까지 오른 한낮에 땀을 뻘뻘 흘리며 몸에 쩍쩍 붙는 브래지어를 당겼다 놓았다가 했어.

윤주는 핸드폰을 빼앗겼어. 오늘 내내 카톡방이나 인터넷에 뭔가 올리고 있었나 봐. 앞으로 일주일간 사용 금지래.

가연이는 걸릴 게 없었는데, 머리 풀고 양말 올리라는 호통을 들었어. 여자애가 발목하고 목덜미 함부로 드러내지 말래. 우리는 그게 다 무슨 말인지 몰라 어리둥절했는데 어째선지 가연이는 수업 내내 울었어.

그렇게 딱 한 시간 수업했을 뿐인데 다들 마나가 간당간당해졌어. 가연이는 마나가 완전히 말라붙어서 자칫하면 막대에 금이 갈 지경이었어. 다행히 윤주가 수업 끝나자마자 달려가서 가연이를 꼭 안아 줬는데, 그 바람에 겨우 조금 찼어. 그러지 않았으면 위험했을 거야.

수업이 끝나고 우리는 조금 더 사이가 돈독해진 패잔병이 되어 매점 뒤에 옹기종기 모였어. 선미는 두드러기가 퍼진 다리를 벅벅 긁어 대서 스타킹이 넝마가 되어 있더라.

"이천오백 원이나 하는데 하루도 안 가. 이 돈이면 떡볶이가 한 그릇인데."

선미가 스타킹을 벗으며 투덜거렸어.

"맨다리만 허용되어도 돈이라도 아끼겠는데. 맨다리는 대체 왜 안 되는 거야? 중학생 다리만 보고 다니는 놈들이 대체 누구야?"

"이제 학생인권조례에서 학교가 학생의 복장을 제한할 수 있다는 조항도 없어졌는데 말이지. 조례가 학칙보다 상위법인데."

윤주가 가연이를 끌어안은 채로 또 어려운 말을 기계처럼 줄줄 늘어놓았어.

"전통이라잖냐."

선미가 투덜거리자 윤주가 코웃음을 쳤어.

"우리 엄마 땐 교복 안 입었대. 이 학교 나왔는데 말야. 그때 전

통은 그럼 왜 안 지키는데?"

"정말로 내일부터 이거 다 지켜야 해?"

가연이가 단톡방에 올라온 통지문을 보며 말했어.

"양말도 신발도 이제 흰색하고 검은색밖에 안 된대. 가방도 무채색만 되고. 머리끈에 방울이나 반짝이 달려 있으면 안 된대. 다 오늘 새로 사야 해?"

그때 하늘이 어두컴컴해졌어. 먹구름이 덮이더니 순식간에 빗발이 내리쳤어. 우리는 허겁지겁 매점으로 들어갔어. 가연이는 바들바들 떨며 윤주에게 딱 달라붙었어. 하도 떠는 바람에 우리도 같이 안아 줬어.

"너 겨울에는 정말 어쩌니?"

윤주가 물었고 가연이가 울상이 돼서 답했어.

"의사 진단서를 내면 롱패딩 입게 해 준다던데, 진단서를 뭐라고 끊어야 할지 모르겠어. 소음인이라고 하면 될까?"

가연이를 토닥이던 선미가 옆에 어색하게 붙어 있던 내게 물었어.

"음, 현수야, 내가 잘 모르겠지만 말야, 선생님한테 야단맞아도 그 MP인가 뭔가 깎이지 않아?"

"그렇긴 해."

내가 답했어.

"만약에 선도위원회 열려서 부모님 불려 오면 그만큼은 또 깎이지 않을까?"

지난달에 남극에서 제주도만 한 빙산이 떨어져 나왔다는 기사를 봤어. 지난겨울은 너무 추워서 서해안까지 얼어붙었어. 겨울이 추워진 건 역설적으로 지구가 더워져서인데, 북극 주위를 장벽처럼 돌던 바람이 약해져서 북극 공기가 한꺼번에 쏟아져 내려와서래. 북극 해빙은 지난 30년 사이에 3분의 2가 사라졌대. 투발루라는 섬나라는 물에 잠기고 있는데, 여름에는 모든 사람들이 얕은 물에 잠겨서 살아. 언젠가는 나라가 없어질지도 모른대.

지난봄에 해양학자랑 해군 장교가 인류가 아직 가 본 적 없는 가장 깊은 심해로 잠수해 들어갔대. 아무도 보지 못한 새로운 심해 생물을 잔뜩 보리라는 기대에 부풀어서. 하지만 거기는 이미 플라스틱 쓰레기로 가득했대. 올봄에는 중국에 앞도 보이지 않는 황사가 몰아쳤는데, 그때 사람이 80명이나 실종되었대. 인도에서는 변종 바이러스로 사람이 너무 많이 죽는 바람에, 화장터가 모자라서 갠지스강에 시신이 무더기로 떠내려가고 있대.

세상은 어쩌면 우리가 어른이 될 때까지 무사하지 못할지도 몰라. 그래도 나는 세상이 영원할 것처럼 공부하고, 미래를 준비하고 있어. 그게 사는 도리라고 생각하니까.

그런데 고작 치마 때문에 내 정신은 망가지고 말 거야. 고작 치마 때문에.

"선택을 못 하겠어."

나는 한참 만에 답했어. 말하고 나니 눈물이 날 것 같았어.

"난 상태 창밖에 없어. 선택 창이 없다고."

모두 어색해졌어. 어색해진 김에 매점 앞에 웅크리고 앉아 비가 그치기를 기다렸어. 복도에서는 열화상 카메라 앞에서 애들이 막춤을 추거나 이상한 자세를 취하며 지나가고 있었어. 가연이는 우리 카디건을 다 덮어서 꼭 작은 오뚜기같이 됐어. 선미는 핸드폰 뺏긴 윤주 대신 단톡방에 욕…… 아니, 고발 글을 올리는데, 아무래도 윤주 마음에 안 드나 봐. 계속 다투더라.

"이게 뭐야? '나 선미다. 내일 우리 다 바지 입는 거다. 바지 입은 사람 추첨해서 떡볶이 쏜다.'? 장난해?"

"야, 너처럼 어렵게 쓰면 누가 읽냐?"

윤주가 핸드폰 내놓으라고 으르렁대고 선미가 자기 핸드폰이라고 버티는 사이에 가연이가 내게 조심스레 물었어.

"현수야, 그…… 선택 창은 어떻게 해야 떠?"

나는 당황했어. 생각해 본 적이 없었거든. 선택 창을 띄운다고?

"글쎄, 본 적이 없어서……."

그때 선미가 옆에서 나를 톡톡 건드렸어.

"현수야, 너 치마 왜 못 입는다고 했지?"

"뭐?"

"마나 포인트니 뭐니 말고. 진짜 이유 말야."

그 말을 듣자마자 심장이 차게 식었어. 내가 이 저항군에서 부드럽게 쫓겨났다는 기분이 들었어. 가입원서에 사유를 적어 냈는데, 그게 저주 마법으로 백지가 됐어. 선미는 내 표정이 변한 걸 못 알아보는 눈치였어. 나는 주춤주춤 일어났어. 갑자기 집에 가고 싶어졌거든. 그때 가연이가 선미 핸드폰을 빼앗더니 뭔가 타닥타닥 치는 거야. 윤주가 읽고 내게 보여 줬어. 핸드폰에는 이렇게 쓰여 있었어.

'현수 바지 입는다고 생활부장 쌤이 선도위원회 연대. 하지만 현수는 치마 못 입어.'

"그게 다야?"

선미가 얼굴을 들이밀며 고개를 갸웃했어.

"왜 못 입는지 써야지."

"뭐 하러?"

가연이가 두툼한 카디건을 여미며 소리를 높였어.

"우린 다 치마 못 입어. 그게 다잖아. 선생님들은 바지 입고 올 때마다 우리한테 설명하느냐고. 학교 게시판에 사유서 올리고 입느냐고. 그런데 우리는 왜 힘들게 설명해야 해? 어차피 설명해도 안 들으면서!"

그때 나는 말라붙었던 가연이 마나가 샘물처럼 반짝이며 치솟는 것을 보았어. 푸른 바다에서 태양을 향해 물고기가 힘차게 치솟아 오르듯이. 튀어 오른 물방울이 보석처럼 빛나고 햇빛에 부서져 하얀 물안개가 되어 흩어지듯이. 그 말을 듣고 선미와 윤주의 마나도 반짝이며 치솟았어. 나도 마찬가지였지.

"맞아. 나도 치마 못 입어."

선미가 말했어.

"나도 못 입어."

윤주도 말했어. 선미가 "넌 정말 이유 없잖아." 하고 말해서 둘은 잠시 또 티격태격했어.

비가 그쳤고 우리는 버스 정류장까지 옹기종기 모여서 갔어. 헤어질 무렵에 가연이가 내게 말했어.

"현수야, 그 선택 창이라는 거……, 널 아는 사람이 많으면 생기지 않을까?"

신기한 생각이었어.

"그래, 말 된다. 보통 게임이란 게 그렇잖아. 하는 사람 많아지면 업데이트 같은 거 되잖아."

윤주가 옆에서 말했어. 선미가 "그런데 선택 창이 뭐야?" 하고 물었고 둘은 또 티격태격했어.

그럴지도 몰라, 나는 생각했어. 지금까지는 내가 게임 구석에 사는 이름 없는 NPC라 아무도 보아 주지 않았는데, 플레이어가 많아진다면, 그중 한 명쯤은 나를 발견해 주고, 그중 한 명쯤은 나를 찾아와 퀘스트를 시작해 줄지도 모르지.

"몰라. 진짜 본 적이 없어서."

내가 답하고 덧붙였어.

"아마 내가 자유도 없는 일방형 게임에서 왔나 봐."

셋은 서로를 마주 보았어. 나는 한순간 이 친구들이 놀릴까 봐 겁나서 움츠러들었어. 그런데 가연이가 말하는 거야.

"자유도 없이 살려면 정말 힘들 것 같아."

그 말을 듣자 주춤거리던 내 마나가 도로 스르륵 차올랐어. 옆에서 윤주는 주먹을 꼭 쥐었어.

"자유도 없는 게임도 선택 창은 뜰 때 있어. 싸워 보자고."

선미가 목덜미를 긁적였어.

"난 게임 안 해서 무슨 말인지 모르겠지만, 나 들어가 있는 단톡방 진짜 많아. 거기 다 올려 볼게."

"나도 친구들한테 메시지 보내 놓을게."

가연이가 말했어. 어느새 만땅으로 찬 마나를 신기하게 바라보며 헤어지는데 선미가 저 멀리서 손을 흔들며 소리쳤어.

"희망을 가져 봐! 혹시 알아? 자고 일어나면 선택 창이 뜰지!"

◇

아침에 눈을 떴을 때, 늘 시야 한구석에 있는 파랗고 빨간 막대 말고도 다른 창이 하나 더 눈앞에 생겨나 있었어. 창에는 글씨가 쓰여 있었어.

1 : 이제는 포기한다. 치마를 입는다.

2 : 모두 감수한다. 오늘도 바지를 입는다.

나는 글씨를 건드려 보았어. 내 손가락이 닿자 글씨가 금빛으로 반짝였어. 손가락을 까닥여 보니 금빛이 내 손가락에 반응해 따라왔어.

진짜로 선택 창이 생겼네.

나는 베개를 품에 끌어안고 고민했어. 게임이라면 보통 잘못 선택했을 때 배드엔딩이 뜨고, 선택지로 되돌아가 다시 고를 기회를 줄 텐데. 아니, 그건 사용자 편의를 잘 봐주는 게임일 때고, 자동으로 저장해 주지 않는 게임도 많지. 지금 선택지는 떴지만, 세이브나 로드 기능도 생겨났을까? 내가 지금 원하는 선택을 하고, 돌아가는 상황을 보다가, 아니다 싶으면 시간을 되돌려 더 나은 길로 갈 수 있을까?

오늘마저 바지를 입으면 내 학창 생활은 엉망이 될 거야. 나는 찍힐 거고, 내내 시달리겠지. 나는 언제 오늘을 후회하게 될까? 20대? 30대? 아니면 평생? 어린 날 하찮은 고집을 못 버려서 인생을 망쳤다고?

아니면, 거꾸로일까? '그때 난 알았는데. 내 정신이 망가지리라는 것을. 그때 나를 지켰어야 했는데.' 하면서, 그깟 사소한 일로 망가져 회복되지 않는 내 마음을 바라보며 일생 동안 한탄하게 될까?

어느 쪽일지 알 수 있을 때는 나이가 든 뒤겠지. 하지만 나는 지금 선택해야 해. 알 수 없는 미래를 앞에 두고.

1 : 이제는 포기한다. 치마를 입는다.

2 : 모두 감수한다. 오늘도 바지를 입는다.

나는 선택을 했어.

나는 선택을 했어.

그리고 집을 나섰어.

모레는 망종이야. 씨를 뿌리는 날이래. 열여드레가 지나면 하지야. 한 해 중 가장 낮이 긴 날이 곧 올 거야. 오늘 최고기온은 22도고 최저기온은 14도야. 어제보다 평균 기온이 4.5도나 떨어졌어. 보름 전에는 30도까지 올랐어. 5월인데 한여름 같았지. 그날도 우리는 춘추복이었어. 3월에는 눈이 쏟아졌어. 강원도는 눈이 너무 많이 쌓여 개학도 연기했다는데, 그때 외투도 못 입게 했어.

누가 처음 교복을 만들었든 사계절이 있는 나라 사람은 아니었을 거야. 사계절이 있어도 한국 같지 않았을 거야. 어느 날은 찜통처럼 찌고 어느 날은 시베리아처럼 얼어붙는 나라는 아니었겠지. 다 떠나서 산업혁명 이전에 만들었을 거야. 인류가 이산화탄소를 내뿜어 지구의 기후를 엉망으로 뒤집어 놓기 전에.

버스 정류장에 서 있는데, 우리 학교 교복을 입은 아이 둘이 눈에 들어왔어. 그런데 좀 이상했어. 나는 눈을 의심했어. 혹시 내가 아침부터 꿈을 꾸고 있나?

둘 다 체육복 바지를 입고 있었어. 둘이서 핸드폰을 꾹꾹 누르며 나누는 말이 귀에 들어왔어.

"바지 좀 입었다고 선도위원회가 말이 돼? 무슨 도둑질을 했어, 사람을 팼어. 야, 우리 반에 애들 따돌리고 돈 뜯는 걔들은 냅두면서."

"수업 들어오면 종일 복장 이야기만 하고, 아, 진도 좀 나가라고. 뭐 할 시간에 공부나 하라면서? 그 시간에 공부나 하자고."

"근데 오늘만 입는 거 맞지? 나 원래 바지 안 좋아해."

버스에 올라타 보니, 정류장마다 하나둘씩 타는 아이들이 모두 바지를 입고 있었어. 바지 위에 치마를 입고 탔다가 눈치를 쓱 보더니 치마를 벗는 애도 있었어. 혹시 교복이 비슷한 다른 학교가 새로 생겼나 했는데 다들 우리 학교에서 내리는 거야.

교문에 들어서는 아이들 중 반은 바지를 입고 있었어. 옆으로 뛰어가는 어떤 친구는 미묘하게 조금씩 지침을 어긴 옷을 입고 있었어. 무채색이 아니라 줄무늬 양말을 신고, 빨간 리본이 달린 머리띠를 하고, 조끼 단추는 풀고, 목덜미가 드러나도록 머리를 올려 묶고.

다들 이유가 있었어. 다들 다른 이유였어. 나처럼 설명할 도리가 없었을 뿐이지. 하지만 또 중요한 이유였어. 나와 마찬가지로.

생활부장 쌤은 꼭 혼란 마법에 걸린 몬스터 같았어. 머리 위에 상태 이상 표시가 뜬 것처럼 우왕좌왕했어. 얼굴이 시뻘게져서 안에 들어갔다 나왔다 하더라. 선생님들이 교문에 우르르 나왔다가 회의를 하려는지 도로 안으로 들어가더라.

나는 등에 멘 책가방 끈을 손에 꾹 쥐고, 교문을 향해 성큼성큼 걸어갔어. 내 운동화가 땅을 박차는 소리가 흥겹게 들려왔어.

응? 그런데 지금 내가 무슨 옷을 입고 있냐고?

글쎄…….

너는?

너는 어느 쪽을 선택했어?

이 금 이 … 편집

코로나로 개학이 계속 연기되다 온라인 개학을 했다. 줌으로 한 개학식 때 담임 선생님은 아이들에게 번호순대로 자기소개를 시켰다. 이름과 취미, 장래 희망 같은 것들을 말하는 거였다. 첫 만남의 긴장감이 작은 화면에서도 느껴졌다. 중간에 화면이 끊기기도 하고, 마스크를 벗지 않거나 마이크나 비디오를 끈 아이 때문에 시간이 지체되곤 했다. 거의 끝 번호인 승우도 잔뜩 긴장한 채 순서를 기다렸다.

승우는 낯선 아이들 틈에서 박서빈을 보자 반가웠다. 서빈은 장래 희망은 검사이고 재미로 유튜브를 한다며 '써빈로긴' 채널을 홍보했다. 마치 브이로그를 하듯 활기찬 모습에 써빈로긴의 편집자인 승우는 뿌듯했다. 몇 사람 뒤 정우영 차례가 되었다. 선생님은 우영이 병원에 입원해서 당분간은 수업에 참여하지 못할 거라고 했다. 두 사람 뒤가 자기 차례였으므로 승우는 우영에 대해 더 생각할 여유가 없었다.

원격 수업도 등교할 때처럼 시간표대로 진행됐지만 화면이 버벅거리고 방에서 튕겨 나오거나 연결이 끊기는 일이 잦아 어수선했다. 수업 방식은 실시간 쌍방형, 콘텐츠 활용형, 과제 수행형

등 세 가지 방식이었는데 줌으로 하는 조회와 종례 빼놓고는 EBS를 틀어 주거나 과제를 하는 수업이 대부분이었다. 학생들은 물론 학교나 선생님들도 처음 겪는 상황이라 우왕좌왕하는 게 느껴졌다.

뉴스에서는 애들이 학교에 가고 싶다, 친구들을 만나고 싶다고 한다는데 승우는 오히려 지금이 좋았다. 늦잠을 잘 수 있고, 수업 시간에 몰래 뭘 먹어도 되고, 심지어는 출석 체크만 하고 게임을 해도 됐다. 쌍방향 수업일 때도 카메라가 안 된다고 핑계 대면 비디오를 꺼 놓을 수도 있다. 그 시간에 딴짓을 해도 된다는 이야기다. 학교에 다닐 때는 안 되는 일투성이였는데 비대면 수업에서는 해도 되는 일이 훨씬 많아졌다. 선생님들은 아이들에게 주어진 자유를 조금이라도 더 구속하기 위해 과제를 더 많이 내줬다. 아무리 그래도 국어 담당인 담임이 내준 숙제는 너무했다.

'언택트 시대에 안부가 궁금한 친구에게 편지 쓰기. A4 용지 한 장 이상 분량, 글자 크기 10포인트, 줄 간격 160, 이번 주 일요일 자정까지.'

'언택트'라는 신조어에 비해 숙제 내용은 한없이 아날로그적이었다. 어른들은 언택트, 언택트 하며 그게 마치 코로나 때문에 처음 생긴 일인 것처럼 호들갑 떨지만 승우를 비롯한 아이들은 이미 비대면이 익숙하고 편한 삶을 살던 중이다. 학교나 학원에서야 어쩔 수 없어도 다른 때는 누구와 직접 만나거나 통화하기보다

SNS나 메신저로 소통하는 걸 더 편하게 생각한다. 친구끼리 마주 앉아서 말 대신 메신저로 대화를 나눌 때도 많다. 솔직히 휴대폰이나 컴퓨터만 있으면 반 애들은 물론 지구 반대편에 사는 어떤 애가 점심에 뭘 먹었는지, 주말에 뭐 하고 놀았는지도 아는 세상에 오글거리게 편지로 안부를 물으라니. 그나마 다행인 건 쓰는 것까지만 숙제이고 그 편지를 보낼지 말지는 자유라는 거다. 편지를 공개하느냐는 누군가의 질문에 담임은 자기만 볼 거라고 했다. 그것도 다행이었다.

승우에겐 A4 용지 한 장씩이나 쓸 만큼 안부가 궁금한 친구가 없었다. 금요일이 되도록 승우는 편지를 쓸 대상조차 정하지 못했다. 이러다 웹툰이나 애니메이션 속 등장인물에게 써야 하나 하고 있을 때 우마르가 등장해 주신 거다.

금요일 네 시, 종례를 마치자마자 승우는 줌을 껐다. 벌떡 일어서는 바람에 의자가 뒤로 밀려났다. 거실 소파에 길게 누워 휴대폰을 보는데 기다렸다는 듯이 가족 대화방의 알림음이 울렸다. 승우는 저녁 메뉴를 정하려는 건 줄 알고 얼른 대화방을 열었다.

엄마가 우는 이모티콘과 함께 무언가를 링크해 놓았다. 구호단체에서 보낸 안내문으로, 후원 아동의 거주지 이전으로 후원이 종료된다는 내용이었다. 후원 아동이면 우마르인데 그 애가 어디로 옮겨 갔다는 말이다. 승우의 눈이 저절로 TV장 위에 놓인 우마르의 가장 최근 사진을 향했다. 엄마가 지난 크리스마스에 보내 준 운동화를 신고 집 앞으로 보이는 곳에서 찍은 사진이었다. 사진 찍는 게 어색한 듯 쑥스러운 표정을 하고 있는 우마르는 눈썹이 짙고, 쌍꺼풀진 눈도 크고 깊었다. 그동안은 한 살 차이인 승우와 또래다웠는데 코밑이 거뭇하고 구레나룻 자국도 있어선지 이번 사진에선 훨씬 나이 들어 보였다. 갑자기 팍 삭은 느낌이랄까.

아빠가 토닥토닥 이모티콘과 함께 답글을 달았다.

아빠: 어디로 이사 갔길래 후원을 할 수 없다는 거야?

엄마: 사무실로 연락해 봤더니 현지 사업장에서 결정된 거라 정확한 내용은 잘 모른대.

아빠: 먼 데로 갔나 보네.

엄마: 차라리 그런 거면 다행인데…… 무슨 일 생긴 건 아니겠지?

사실 승우는 우마르를 좋아하지 않았다. 초등학생 때 게임팩을 사 달라고 하자 엄마는 돈이 없다며 딱 잘라 거절했다. 우마르 후원금 두 달 치면 충분히 살 수 있는데. 서운하고 억울했다.

"모르는 애한테도 돈 보내 주면서 게임팩 사 줄 돈이 왜 없어?"

승우가 항의하자 엄마가 대답했다.

"너는 돈 주면 PC방 가고 군것질하는데 써 버리고 말지만 우마르는 그 돈으로 굶지 않고, 병원에 가고, 학교를 다닐 수 있어. 돈은 그렇게 가치 있는 데 써야 하는 거야. 승우 너도 용돈 줄여서 후원할래?"

승우는 엄마가 정말 그러라고 할까 봐 다시는 그런 말을 하지 않았다. 엄마는 돈만 후원하는 게 아니라 크리스마스 때면 구호단체를 통해 선물도 보냈다. 엄마의 정성에 비하면 우마르가 보내오는 카드는 억지로 한 숙제처럼 성의 없어 보였다. 승우가 그렇게 했으면 다시 하라고 시켰을 게 분명한 엄마는 그걸 또 파일에 소중하게 정리해 놓았다. 승우는 우마르를 좋아하지 않는 게 자기 잘못만은 아니라고 생각했다.

승우는 엄마 아빠가 퇴근할 무렵 대화방에 메시지를 남겼다.

승우: 오늘은 치팅데이~~

아빠: ㅇㅋ 불족발 어때?

우울할 때 매운 걸 먹으면 기분이 나아지는 엄마를 위한 메뉴다.

승우: 난 피자.

아빠: ㅇㅋ 피자랑 불족발. 아들이 주문해 놔. 맥주는 내가 사 갈게.

승우는 부모님 퇴근 시간에 맞춰 배달 앱으로 불족발과 베이컨 포테이토 피자를 시켰다. 그리고 엄마 아빠가 오면 바로 먹을 수 있도록 식탁에 젓가락과 앞접시, 컵을 세팅해 놓았다. 평소 승우네는 음식을 자주 시켜 먹었는데 승우가 살찌기 시작한 이후 배달 음식은 주말에 한 번만 먹는 걸로 정했다. 잡곡밥과 나물, 퍽퍽한 살코기처럼 맛없는 것만 먹다 피자와 불족발 생각을 하니 승우는 군침이 돌고 절로 콧노래가 나왔다.

엄마 아빠와 음식들이 거의 동시에 도착했다. 엄마 아빠가 옷을 갈아입는 동안 승우는 불족발과 막국수의 포장을 뜯고 피자를 꺼냈다. 식탁에 세 식구가 둘러앉았다. 아빠가 맥주 캔을 따 엄마에게 건넸다. 승우도 콜라를 컵에 따랐다.

"모두 한 주 동안 고생했어."

아빠의 말에 세 식구는 캔과 컵을 부딪쳤다.

승우는 피자를 먹느라고 바빠 엄마가 불족발을 먹는 둥 마는 둥 하는 걸 눈치채지 못했다. 아빠가 맥주 캔을 하나 더 땄을 때 엄마가 우마르 이야기를 꺼냈다.

"정말 아무 일 없는 거겠지? 고등학교 졸업하면 어차피 후원이 끝나거든. 그렇게 마무리됐으면 마음이 편할 텐데 갑작스레 종료되니까 서운하고 걱정되고 그러네."

엄마가 한숨을 쉬었다.

우마르는 이스라엘과 분쟁 중에 있는 팔레스타인 아이다. 엄마는 팔레스타인 관련 뉴스가 나올 때마다 이스라엘을 욕하며 우마르를 걱정하곤 한다.

"무슨 애가 이렇게 무심해? 그만큼 오래 후원해 줬으면 엄마한테는 무슨 일인지 알려 줘야 하는 거 아냐? 엄마가 걱정할 거 뻔히 알면서."

승우는 평소 엄마가 자신에게 하던 말투로 대화를 거들며 피자를 향해 손을 뻗었다. 어느새 두 쪽밖에 남지 않아 눈치가 보였다.

"연락을 못 하는 상황일 수도 있잖아……."

여느 때 같으면 그만 먹으라고 했을 텐데 우마르 생각에 빠진 엄마는 알아차리지 못했다.

"아, 승우야!"

엄마가 갑자기 부르는 바람에 승우는 움찔해서 피자로 뻗었던 손을 거두었다.

"네 페북에 우마르 사진이랑 어떤 상황인지 묻는 글 한번 올려 볼래? SNS는 전 세계 사람들하고 다 통하니까 우마르가 보거나, 우마르를 아는 사람이 보고 연락해 줄 수도 있잖아."

엄마는 거의 우마르를 찾은 것 같은 표정으로 말했다. 페북은 메신저만 사용할 뿐 게시물을 올린 적이 한 번도 없는 승우는 초등학생 때 일이 생각났다.

방학 숙제로 가족신문 만들기를 하는데 엄마가 자꾸 우마르도 가족에 넣으라고 했다. 개학이 코앞이고 엄마가 거의 다 도와주고 있던 터라 승우는 어쩔 수 없이 시키는 대로 했다. 숙제를 제출하자 선생님은 가족이 반드시 핏줄로 이루어지는 것만은 아니고 어쩌고 하며 승우를 엄청나게 칭찬했고, 방학 숙제 상과 칭찬 스티커를 주었다. 그런데 몇몇 아이들이 착한 일 하는 거 자랑하려고 우마르를 신문에 넣었다고 승우를 흉보았다. 페북에 우마르의 사연을 올려도 그렇게 생각하는 아이들이 있을 거다. 그런데 이번엔 뒷담화를 할 아이들 때문이 아니라 승우 자신이 그러기 싫었다. 거절하려는데 아빠가 먼저 반대를 했다.

"무슨 상황인 줄도 모르면서 왜 애 SNS에 그런 걸 올리라고 해. 구호단체에서 개인 주소 알려 주지 않는다며. 그러는 데는 다 이유가 있겠지. 우마르가 만약에 IS 같은 데로 간 거면 어쩌려고 그래? 그런 게 아니더라도 사진이랑 글 올렸다가 그 애를 곤란하게 만들 수도 있잖아."

승우는 자식의 페북이 그만큼이나 파급력 있다고 믿는 엄마 아빠가 우스웠다.

"그런가?"

엄마 얼굴이 심각해졌다.

"그래. 무소식이 희소식이야."

아빠가 빈 맥주 캔을 우그러뜨렸다.

"정말 괜찮겠지?"

"모르는 게 약이란 말도 있어, 엄마."

승우는 엄마를 위로했다. 그때 퍼뜩 국어 숙제가 떠올랐다. '찾았다!' 우마르에게 편지를 쓰면 된다. 그 애를 친구라고 생각한 적은 없지만 '안부가 궁금한' 아이인 것만큼은 분명했다.

승우는 포만감과 함께 책상 앞에 앉았다. 편지 쓸 대상이 정해진 것만으로도 벌써 숙제를 끝낸 듯 홀가분했다. 승우는 편지를 쓰기 시작했다. 일요일 자정까지 제출하면 되지만 주말엔 다른 숙제로 바쁠 걸 알기 때문이다.

우마르에게

안녕? 난 한승우라고 해. 널 8년 동안 후원한 정미경 씨 아들이야. 엄마가 너한테 우리 가족을 소개하는 편지랑 사진 보낸 적 있으니까 기억하려나? 초6 땐가 너한테 보내 줄 거라고 엄마가 가족 셀카를 찍었던 기억이 난다. 엄마가 나한테 자꾸 웃으라고 해서 짜증 나던 것도. 아빠까지 그만하자고 할 만큼 셀 수 없이 많이 찍었거든.

난 지금 열여섯 살, 중3이야. 참, 널 그냥 우마르라고 불러도 되지? 외국 영화 보면 엄마 아빠나 선생님한테도 막 이름 부르고 'you'라고 하더라. 그러니까 겨우 한 살 더 많은 너한테 형이라고 부를 것까진 없겠지. 그런데 넌 좀 노안인 것 같아. 고딩인데 20대로 보여. ㅋㅋ

우리 집엔 꼬꼬맹이일 때부터 최근 모습까지 네 사진이 든 액자가 여러 개 있어. 구호단체에서 보내 준 사진들이야. 누가 보면 우리 집에 아들이 하나 더 있는 줄 알겠다니까. 그동안 크리스마스카드 한 장 보낸 적 없던 내가 갑자기 왜 네게 편지를 쓰는지 궁금하지? 무슨 기대라도 했다면 버리길 바라. 이 편지는 국어 숙제로 쓰는 거니까.

여기까지 쓰고 나니 할 말이 떨어졌다. A4 용지의 3분의 1밖에 안 되는 분량이었다. 참, 안부가 궁금한 이유를 말해 줘야지.

우마르, 너희 집 다른 데로 이사 갔냐? 그럼 인간적으로 우리 엄마한테는 소식을 알려 줘야 하는 거 아니냐? 뭐, 우리 엄마가 쫌 걱정이 많은 스타일이긴 해. 내가 어렸을 때 씽씽이 타다 넘어졌는데 별일 아닌 줄 알았다가 나중에 수술까지 한 적이 있거든. 그래서 오버하는 건 좀 있지만, 그래도 10년 가까이 후원해 준 사람한텐 소식을 알려 주는 게 예의라고 본다.

진짜 할 말이 없자 엉덩이가 들썩거렸다. 시작은 해 놓았으니 잠깐 게임하면서 더 쓸 말을 궁리하자고 마음먹는데 톡 알림음이 연달아 울렸다. 박서빈이었다.

— 동영상 메일로 보냈음

— 아이폰12 프로 언박싱

— 천 명 가즈아!

주말에 할 숙제였다.

승우는 작년 말부터 서빈이 유튜브에 올릴 영상을 편집해 주고 있다. 영상 편집은 승우가 게임만큼이나 좋아하는 취미였다. 중1 때 엄마가 맹장 수술을 한 적이 있었다. 승우는 방과 후 수업에서 배운 걸 활용해 엄마의 옛날 휴대폰에 있던 사진과 영상들을 편집하고 자막을 넣어 퇴원 선물로 주었다. 엄마는 감격해서 그 영상을 보고 또 보고 여기저기 자랑을 했다. 그 뒤 할아버지, 할머니 생신이나 명절 때도 기념 영상을 만들어 어른들로부터 칭찬을 듣고 용돈도 더 받곤 했다.

칭찬과 용돈도 좋지만 승우는 어수선하고 지루한 영상들을 자르고, 이어 붙이고, 자막을 입히고, 효과음이나 BGM을 넣어 의미 있는 영상으로 만드는 게 재미있었다. 잔뜩 어질러진 방을 깔끔하게 정리 정돈한 것 같은 쾌감이 느껴졌다. 승우의 진짜 방은 늘 지저분하지만 말이다.

작년에는 가을 현장학습 사진과 영상을 편집해 학급 대화방에 올렸는데 아이들 반응이 엄청나게 좋았다. 사회 조별 과제 때는 승우가 도맡아 만든 영상으로 팀원 모두 문화상품권을 받기도 했다. 엄마는 아들이 대학에서 영상 연출 같은 걸 전공해 방송국 PD가 되는 꿈을 꾸고 있다. 하지만 승우는 유명 유튜브 채널을 찾아보며 인기 요인이나 편집 기술, 자막 센스 같은 걸 배우는 것으로 만족했다.

2학년이던 작년 말, 서빈으로부터 처음 대화방에 초대받았을 때 승우는 어리둥절했다. 대화방에 양준호, 이민석, 정우영도 있었다. 그때 네 명은 모두 성적이 상위권이고, 인물도 훤칠하고, 운동도 잘하고, 집도 잘살았다. 한마디로 신이 모든 걸 준 것 같은 아이들이었다. 그중에서 리더 격인 서빈은 같은 남자인 승우가 보기에도 멋있었다. 옆 반이랑 농구 시합할 때 여자애들이 환호성을 지르며 서빈의 이름을 연호하는 걸 보며 저런 아이로 사는 기분은 어떤 걸까, 하루만이라도 저렇게 살아 보고 싶다는 생각을 잠깐 하기도 했다. 남들 앞에 나서거나 주목받는 걸 좋아하지 않는 성격인데도 말이다.

영어 선생님은 네 사람을 보고 2학년 3반 F4라고 했다. F4라니. 아이들은 오글거려하면서도 인정했다. 승우는 평범한 자신과 그 아이들은 노는 물이 다름을 인지하고 있었다. 그래서 서빈이 실수로 자신을 초대한 줄 알았는데 유튜브에 올릴 영상 편집을 좀 해 달라고 했다. 서빈 같은 애한테 부탁을 받다니.

승우도 서빈의 유튜브 채널 써빈로긴을 본 적이 있다. F4와 매운 떡볶이 먹방, 쇼핑, 강아지와의 산책 같은 일상 브이로그가 올라와 있었다. 구독자 49명에 콘텐츠별 조회수도 50회를 넘지 못

하는 미미한 채널이었다. 편집은 별로였지만 서빈은 잘생긴 데다 말주변도 좋고, 관종 기질도 다분해 유튜버로서의 잠재력이 있어 보였다.

— 공짜로 해 달라는 건 아니야. 뷔페 가서 쏠게.

9분짜리 닌텐도 스위치 언박싱 영상을 편집하는 데 꼬박 이틀이 걸렸다. 재미나 취미로 했던 때와 달리 책임감과 잘 만들고 싶은 욕심 때문에 시간이 오래 걸렸다. 아이템 때문인지 조회수가 단숨에 2천 회가 넘었고 구독자 수도 100명 가까이로 늘었다. 승우는 이만한 성취감을 느낀 적이 또 있을까 싶을 정도로 기뻤다.

서빈은 약속대로 승우를 뷔페에 데려갔다. 준호와 민석, 우영도 함께였다. 아이들끼리 가기에는 비싼 곳이었는데 알고 보니 서빈의 생일 파티였다. 준호와 민석은 선물을 준비했고, 우영이 뷔페 비용을 다 낸다고 했다. 빈손인 걸 민망해하는 승우에게 서빈이 영상 편집을 몇 개만 더 해 달라고 했다. 비싼 밥 얻어먹은 것도 미안하고, 한 번으로 끝나는 게 아쉬웠던 승우는 기꺼이 하겠다고 했다.

승우는 서빈과 유튜브 일로 연락을 자주 주고받았지만 친해졌다고 할 수는 없었다. 서빈은 학교에선 승우를 알은체하지 않았다. 준호와 민석, 우영도 마찬가지였다. 승우도 그게 편했다. 같이 어울려 다닌다고 해서 F5가 되는 건 아니었다. 오히려 그 애들과 같이 있으면 자신은 오징어로 전락할 뿐이라는 걸 잘 알았다.

방학하는 날 승우는 F4와 함께 무한리필 고깃집에 갔다. 서빈이 방학 동안 콘텐츠를 일주일에 한 개씩은 업로드하고 싶다고 했다. 유튜브 채널이 자리 잡으려면 콘텐츠를 정기적으로 올리는 게 필요하다. 일상 브이로그라고 해도 영상을 찍기 위해선 따로 시간을 내야 했고 그보다 더 큰 문제는 편집에 걸리는 시간이었다. 겨울방학 동안 엄마는 승우의 학원 일정을 빡빡하게 잡아 놓았다. 그때만 해도 코로나가 이렇게 대유행을 할지 몰랐다. 승우가 망설이자 서빈은 잘 구워진 고기를 앞접시에 놓아 주며 말했다.

"한승우, 수익 나면 치사하게 나 혼자 먹지 않는다."

구독자 천 명에 4천 시간 이상 시청이면 수익이 났다. 중학생 중에도 대박 난 유튜브 크리에이터들이 심심찮게 있었다. 서빈도 그러지 말란 법은 없다. 승우 마음속에서 써빈로긴의 구독자와 조회수를 늘려 주고 싶은 열망이 솟구쳤다. 수익 배분에 대한 기대도 있었지만 서빈 같은 아이는 평소에 어떻게 사는지 알고 싶은 마음이 컸다.

"니들한테도 마찬가지야. 방학 때 영상도 많이 찍자."

서빈이 아이들을 둘러보며 말했다. 다섯 명이 써빈로긴을 위해 음료수로 건배할 때 승우는 미래가 밝은 스타트업의 일원이

된 기분이었다.

"그런데 영상 퀄리티를 높이려면 무료 프로그램으론 한계가 있어."

승우가 써빈로긴의 편집자로서 말했다.

"그래? 프로그램 사 주면 더 쌈박하게 만들 수 있는 거지?"

서빈의 물음에 승우는 고개를 끄덕였다. 시간을 많이 뺏기겠지만 유료 프로그램들을 사용해 볼 수 있는 것만으로도 충분히 가치 있는 일이었다.

"필요한 거 있으면 우영이한테 말하면 돼."

겨울방학 동안 써빈로긴은 매주 일요일 오후 7~9시 사이에 새 콘텐츠를 올리는 걸로 자리 잡았다. 구독자 수는 현재 986명이다. 최근 들어 느는 속도가 많이 빨라진 걸로 보아 머잖아 천 명을 달성할 것 같다. 그동안 올린 콘텐츠 중 중학생에게는 고가인 브랜드 옷이나 운동화, 전자기기 등의 언박싱 영상 조회수는 수천 회가 되기도 했다. 처음엔 10분 안팎의 콘텐츠를 만들기 위해 주말을 다 바쳤지만 할수록 편집 속도도 점점 빨라졌다.

서빈한테 또 메시지가 왔다.

— 열어 봤냐? 섬네일 좀 더 새끈하게 만들어 봐.

— 다운받고 있어.

승우는 그제야 서빈이 보낸 영상을 다운받았다. 아이폰을 사러 애플스토어에 간 것부터 찍어 놔서 두 시간이나 됐다. 지루하고 산만한 영상을 압축하려면 잘라 낼 곳부터 찾아야 한다. 승우는 영상을 재생시켜 놓고 휴대폰 게임을 시작했다. 서빈의 생활이 그전만큼 궁금하진 않았다.

방송에서 보는 연예인의 이미지가 많은 부분 연출된 것처럼 학교에서 보았던 서빈도 마찬가지였다. 아직 편집되지 않은 영상 속 서빈은 승우와 크게 다를 게 없었다. 자기 방이나 거실에서 찍은 영상 속에는 가끔 예기치 않게 벌어지는 상황이 그대로 담겨 있곤 했다. 가장 놀라운 건 서빈이 부모님한테 그다지 자랑스러운 아들이 아니라는 점이었다.

서빈은 영재과학고에 다니는 형과 늘 비교당하며 성적 스트레스를 승우보다 더 심하게 받고 있었다. 기숙사 생활을 해서 주말에나 집에 오는 형은 서빈을 대놓고 무시하거나 비웃었다. 그런 모습을 볼 때마다 승우는 서빈의 아픔을 혼자만 아는 것 같았고, 써빈로긴이 대박 나기를 바라는 마음이 커졌다.

한번은 서빈이 촬영 중에 방으로 들어온 가사도우미 아주머니한테 버럭 화를 낸 적이 있었다. 거친 말을 쓰는 서빈의 모습에 승우는 깜짝 놀라 서둘러 그 장면을 잘라 냈다. F4가 모였을 때는 욕이나 지저분한 농담도 많이 했다. 그러고 나서 서빈은 카메라를 보고 웃으며 가위질하는 시늉을 했다. 승우는 서빈이 자신을 믿고 풀 영상을 그대로 보내는 것에 보답하고자 매의 눈으로 흠이 될 만한 장면을 찾아 잘라 냈다. 그렇게 편집한 영상 속 서빈은 승우가 생각했던 바로 그 모습이었다. 서빈은 승우의 편집에 만족해하며 아직 수익이 나지 않는데도 문화상품권이나 기프티콘을 보내오곤 했다.

아이폰 액세서리를 설명하던 중 서빈의 전화벨이 울렸다. 승우는 게임을 멈추고 화면을 보았다. 서빈은 휴대폰을 들고 급하게 방을 나갔는데 카메라를 끄지 않아 문밖에서 말하는 소리가 들려왔다. 큰소리가 나는 것 같아 승우는 볼륨을 키웠다.

"그딴 소릴 하면 어떻게 해, 새끼야! 학폭위 열려도 상관없어, 씨발. 증거가 없잖아. 너, 폰이나 잘 지워라."

서빈이 다시 방으로 돌아와 카메라 앞에 앉았다. 방금 들려온 말은 다른 사람이 한 것같이 태연한 얼굴이었다. 승우는 누가 자기 가슴을 북인 양 두드리는 것 같았다. 서빈은 편집하기 좋게 아까 설명하다 말았던 부분을 처음부터 다시 말하기 시작했다. 승우는 서빈에게 감시라도 받는 듯 꼼짝도 못 하고 앉아 있었다.

"자, 아이폰12 프로 언박싱이 끝났네요. 써빈이는 부모님이 사주신 아이폰으로 열심히 공부해서 효도하고, 유튜브 영상도 즐겁게 촬영하겠습니다. 좋아요 눌러 주시고 아직 구독 안 하신 분들은 구독 눌러 주세요!"

일시정지를 누른 승우는 해맑은 모습으로 활짝 웃고 있는 서빈을 멍하니 바라보았다. 학폭위, 증거, 지워라. 우영은 병원에 있으니까 서빈이 통화한 아이는 민석이거나 준호일 거다. 학폭위는 왜, 누가, 무슨 일로? 처음 듣는데 다 알 것 같은 느낌이 밀려왔다.

그때 책상 위의 휴대폰에서 진동음이 울려 소스라치게 놀랐다. 저장돼 있지 않은 번호에 망설이던 승우는 서빈의 새 번호일지 모른다는 생각에 전화를 받았다.

"여보세요?"

이유 없이 목소리가 떨려 나왔다.

"한승우 학생 전화번호 맞나요?"

낯선 목소리였다.

"네, 그런데…… 누구세요?"

"늦은 시간에 미안해요. 나 우영이 엄마야. 정우영 알지? 작년에 같은 반이었고, 올해도 같은 반인데."

승우가 끊기라도 할까 봐 불안한지 우영 엄마가 다급하게 말했다. 승우는 가슴이 덜컥 내려앉았다. 우영은 지난주부터 원격 수업에 참여하기 시작했다. 담임 선생님은 조회, 종례는 물론 국어 시간에도 일주일에 한 번은 꼭 줌을 썼다. 그때마다 우영의 마이크와 비디오는 꺼져 있었다. 선생님은 우영이 아직 병원에 있어서 당분간 그렇게 참여할 거라고 했다.

"네, 무슨 일로……."

승우는 잔뜩 긴장해서 말이 잘 나오지 않았다.

"뭐 좀 물어볼 게 있어서 전화했어. 솔직하게 대답해 주었으면 해."

"……뭔데요?"

입 안의 침이 마르는 느낌이었다.

"서빈이하고 준호, 민석이가 우리 우영이를 찍은 무슨 영상을 갖고 있다는데 그게 뭔지 너는 알지?"

간절함이 가득 밴 목소리였다.

"자, 잘, 아무것도 모르는데요, 저는."

승우는 허겁지겁 대답했다. 정말 몰랐다. 휴대폰 너머로 우영 엄마가 무거운 한숨을 쉬었다. 혹시 아이들이 내게 뭘 덮어씌우려는 걸까. 승우는 정신이 번쩍 들었다.

"서빈이가 그래요? 제가 안다고요?"

그 애들 중 누구하고도 친하지 않았지만 굳이 따지자면 우영과 가장 안 친했다. 우영과 어울린 건 다 함께 갔던 뷔페와 무한리필 고깃집이 다였다. 다른 아이들은 그때만큼은 승우와 말을 섞었는데 우영은 한마디도 하지 않았다. 승우는 두 번 다 음식값을 도맡아 낸 우영이 자기를 무시한다고 생각했다.

"아니. 우영이는 아무 말 안 해. 나한테도 왜 그런 짓을 하려고 한 건지 말 안 해."

우영 엄마 말에 울음이 섞여 있었다.

"……그런 짓이요?"

"우리 우영이가…… 죽으려고 했어."

승우는 숨이 턱 막혔다. 휴대폰을 든 손이 덜덜 떨렸다. 엄마를 바꿔 주거나 그대로 도망치고 싶었다.

"서빈이하고 애들이 우영이 찍은 영상이 있다는 건 우영이가 일기장에 써 놓은 거 보고 안 거야. 승우야, 좀 도와줘. 그거 제대로 해결하지 않으면 우리 우영이 그전으로 못 돌아가. 너, 서빈이 유튜브 편집해 준다면서. 영상 중에 애들이 우리 우영이 괴롭히는 거 없었어?"

"어, 없었어요. 우영이 요새 수업에 들어오는데……."

"출석일수 때문에 내가 켜 놓은 거야. 우영인 학교 애들 목소리 듣는 것도 싫어해. 승우야, 감춰 주는 게 친구를 위하는 거라고 생각하는지 모르겠는데 그거 아니야. 잘못한 게 있으면 지금 벌 받고 깨우치는 게 서빈이한테도 나아."

우영 엄마가 한마디 한마디 힘겹게 말했다.

"저, 정말 전 아무것도 몰라요."

우영 엄마가 한숨을 쉬었다.

"혹시 나중에라도 생각나는 거 있으면 이 번호로 꼭 전화해 줘. 부탁한다."

전화를 끊은 승우는 의자 등받이에 몸을 털썩 기댔다. 컴퓨터

화면 가득 서빈의 활짝 웃는 얼굴이 보였다.

승우 머릿속으로 한 장면이 스쳐 지나갔다. 지난 3월 초였다. 코로나로 개학이 미뤄지는 가운데 준호와 민석이 서빈네 집에 놀러 가 브이로그를 찍었다. 떡볶이와 치킨 먹방을 하자면서 음식을 시킬 때 서빈이 말했다. 우영이 낼 거니까 많이 시키라고. 승우는 우영이 그 자리에 빠진 게 미안해서 음식값을 냈나 보다, 하고 생각했다. 셋은 음식을 기다리는 동안 카메라 앞에서 떠들었다. 그러다 각자 휴대폰 속 무언가를 보며 낄낄거렸다. 승우는 웃긴 짤이라도 본 모양이라고 생각하며 편집했다. "이번 건 평생 물주 각 아니냐."란 서빈의 말도 함께 잘라 버렸다.

승우는 머리끝이 조여 오는 느낌을 받았다. 그동안 자신이 편집했던 장면 중에는 그냥 잘라 버리고 말아서는 안 되는 것들도 분명히 있었다. 우영을 조롱하는 것, 다그치는 것, 협박하는 것……. 몰랐던 게 아니라 알면서, 격의 없는 친구끼리의 장난이라고 여기며 모르는 척했던 거다. 그게 서빈이 자신에게 보여 주는 믿음에 대한 보답이라고 여겼다. 편집자로서 서빈의 유튜브가 대박 나기를 바라는 마음도 컸다. 그래서 서빈이 저지른 짓을 누가 볼세라 잘라 내고, 없던 일로 만들었던 거다.

서빈이 풀 영상을 그대로 보내오는 게 자기를 믿어서가 아닐지 모른다는 생각이 처음으로 들었다. 그건 승우가 그동안 못 본 척 눈감았기 때문이다. 알아서 잘라 내고 지웠기 때문이다. 서빈은 승우가 계속 그럴 걸 알았기 때문에 신경 쓰지 않는 거다.

그때 서빈으로부터 메시지가 왔다.

— 드뎌 천 명 돌파! 이번 거 편집 잘하고 있지?

천 명 돌파라는 말에 승우는 또 한 번 가슴이 내려앉았다. 서빈만큼이나 바라던 일이었는데 조금도 기쁘지 않았다. 기쁘기는커녕 겁이 났다. 승우는 떨리는 손으로 서빈의 유튜브 채널에 들어갔다. 구독자 1028명. 써빈은 못하는 게 없어, 훈남 중딩들이 노는 법, 써빈데이 써니데이, Z세대 F4, 써빈과 롱보드 배우기, 써빈의 남친룩……. 승우가 편집한 영상의 섬네일들이 주르륵 떴다. 섬네일만 보아도 서빈은 뭐든지 잘해서 누구나 부러워할 만한 아이로 보였다. 캄캄하던 우영의 줌 화면이 그 위에 겹쳐졌다. 승우는 우영의 비디오와 마이크를 마치 자신이 끈 것만 같았다.

토요일 내내 승우는 서빈의 영상을 편집하는 대신 편집 전 파일들을 찾아서 보고 또 보았다. 우영의 어두운 표정과 어디서든 돈을 내는 모습이 새롭게 보였다. 그동안 우영을 말이 없는 아이라고만 여겨 왔다. 우영이 편집 프로그램을 사 주고 모바일 문화상품권, 기프티콘을 보내 주는 것에도 별다른 의구심을 품지 않았다. 그들끼리 뭔가 이야기가 돼 있는 거겠지, 무심히 넘기는 사이 우영은 병원에 입원할 지경에 이른 거다.

밤새 뒤척이다 늦잠을 잔 승우는 거실로 나갔다. 거실엔 일요일 아침의 여유로운 기운이 가득했다. 아빠는 소파에 누워 유럽 축구 리그전을 보는 중이었고 엄마는 바닥에 앉아 휴대폰을 보고 있었다. 요즘 빠져 있는 고양이 테트리스 게임을 하는 모양이다. 주말엔 각자 편안한 오전 시간을 보내다 열한 시쯤 아점을 먹는다. 그때까지 서로의 시간을 방해하지 않는 게 암묵적인 약속이었다.

"승우, 잘 잤어?"

엄마가 휴대폰을 보는 채로 말했다.

"새벽까지 게임했나 보네."

아빠도 TV 화면에서 눈을 떼지 않았다. 승우는 엄마 아빠에게 우영 이야기를 하고 싶었다. 서빈의 영상에서 잘라 낸 것들을 말하고 싶었다. 하지만 그럴 수는 없었다. 그런 걱정까지 끼치고 싶지 않았다. 승우는 정수기에서 냉수를 한 컵 따라 벌컥벌컥 마셨다. 엄마가 "어머, 어떡해." 하고 혼잣말을 했다.

"살살 해. 뭔 게임을 그렇게 진지하게 해."

아빠가 심드렁한 목소리로 대꾸했다.

"그게 아니고 여보, 이거 봐."

엄마가 거의 울 것 같은 얼굴로 휴대폰을 아빠에게 들이밀었다. 승우도 무슨 소린가 싶어 엄마 곁으로 갔다. 폭격 현장에 서 있는 팔레스타인 남자의 뒷모습을 찍은 사진 기사였다. 폭격으로 아비규환이 된 풍경을 마주하고 서 있는 남자는 한쪽 다리가 없었다.

검은 곱슬머리의 남자는 맨투맨 티에 청바지, 그리고 한쪽 발엔 나이키 운동화를 신고 있었다. 승우의 심장이 쿵쾅댔다. 아빠가 안경을 이마 위로 올리곤 휴대폰 속 사진과 TV장 위에 놓인 우마르 사진을 번갈아 보다가 말했다.

"아니야, 여기 사람들 다 검은 곱슬머리야. 애들 옷차림도 다 비슷하지 뭐. 나이키야 전 세계 사람들이 신는 거고."

아빠 말이 맞다. 그런 차림새는 한국에서도 흔히 볼 수 있다.

"맞아, 우마르 아니야. 이 운동화, 엄마가 사 준 거하고 다른 거야."

엄마 부탁으로 승우가 직접 신발을 골랐기 때문에 잘 알았다. 운동화만으로 판단할 순 없었지만 사진 속 사람이 우마르가 아니라고 믿고 싶었다. 승우는 그 마음이 스스로 어색했다. 우마르를 좋아하진 않았지만 그 애가 잘못되기를 바란 적은 없어. 승우는 속으로 변명하며 자신도 모르는 새 미운 정이라도 든 모양이라고 생각했다.

"그렇겠지? 그럴 거야. 우마르 아닐 거야. 우마르 아니야."

엄마가 기도하듯 두 손으로 휴대폰을 감싸 쥔 채 말했다.

승우는 가족인 양 집 안 여기저기에 있는 우마르의 사진들을 보았다. 쑥스러운 미소는 한결같았다. 카메라를 응시하는 사진에선 그곳에서 벌어지고 있는 일들이 전혀 느껴지지 않았다. 신문 기사에 실린 남자가 우마르가 아니라고 해도 그 애의 실제 현실은 폭탄이 터지고, 총알이 날아오고, 사람이 죽고 다치는, 그런 곳이다. 집에 있는 사진에선 그 애가 겪고 있을 고통과 슬픔, 불안함과 비명이 편집돼 있었다. 그곳에 있을 우마르의 모습을 그려 보는데 우영이 겹쳐 떠올랐다. 유튜브 영상 속 우영도 그랬다. 우영을 고통으로 몰고 갔던 상황들은 깔끔하게 편집된 채 F4의 일원임을 즐기는 듯한 모습만 남았다. 승우는 자신이 그 일에 일조했음을 분명하게 깨달았다.

유튜브 업로드 시간을 넘기자 서빈이 재촉하는 톡을 보내왔다. 온종일 마음을 다지고 다졌는데도 서빈의 메시지를 보자 가슴이 쿵 하고 내려앉았다. 서빈의 재촉을 무시하기 위해선 용기가 필요했다. 비록 박서빈보다 공부도 못하고, 키도 작고, 운동도 못하지만 용기마저 없는 존재가 되긴 싫었다. 그전에 우마르에게 진짜 하고 싶은 말이 있었다.

승우는 심호흡을 한번 하곤 우마르에게 쓰던 편지를 열었다. 그리고 장난처럼 썼던 지금까지의 내용을 삭제하려다 멈추었다. 장난스러웠던 마음을 지워 버려 없던 일로 만들어선 안 될 것 같았다. 서빈의 영상도 마찬가지였다. 승우는 쓰던 편지 아래에 덧붙여 쓰기 시작했다.

우마르, 너 지금 어떻게 지내고 있어? 무사한 거지? 엄마 아빠가 부부 싸움만 해도 불안한데 폭탄이 날아다니고, 집이 부서지고, 사람들이 다치고 죽는 거 보면서 넌 얼마나 무서울까. 네 소식이 끊긴 것처럼, 누군가의 비디오와 마이크가 영영 꺼질까 봐 나도 무서워. 그러지 않도록 용기를 내 볼 참이야.

우마르, 인터넷에 검색해 보다 네 이름이 오래 살기를 바란다는 뜻이란 걸 알았어. 부디 네 이름대로 오래 살아. 아무리 폭탄이 터지고, 건물이 무너지고, 코로나가 세상을 뒤덮어도 무사히 살아남길 바라.

나도 여기에서 그럴게.

문 이 소 … 유영의 촉감

기억하는 한, 언제나 함께.

기억 하나를 유산으로 남기는 아드 롱센의 법칙에 따라

열아홉 번째 나는 스무 번째 나에게 이를 남긴다.

내가 선대에게서 물려받은 기억은 촉감이다.

끈 하나에 의지해 거대한 공간과 아공간 사이를 누비는 '유영의 촉감'. 부드럽고 단단한 가운데 어떤 거센 힘이 느껴졌다. 하지만 이 촉감이 뜻하는 바는 알 수 없었다. 선대는 왜 유영의 촉감을 유산으로 남겼을까.

문자화되지 않은 기억은 모호했고 촉감은 희미해져 갔다. 기억을 붙들기 위해선 유영의 촉감을 찾아야 했다. 아드 롱센 권역에 속한 여덟 개의 은하를 뒤졌지만 단서는 없었다.

기억을 온전히 계승하지 못했기에 나는 '단절자'로 격하되었다. 단절자, 존재의 흐름이 끊긴 자. '나'이지만 온전한 '나'는 될 수 없는 자. 아드 롱센에 단절자의 자리는 없었다. 나는 우주선 디든 콰렐과 함께 갈 수 있는 가장 먼 권역의 자그마한 오지 행성으로 떠났다.

디든 콰렐은 영리하고 사나운 수다쟁이로, 우주의 광막함을 무력화하는 능력이 있었다. 건너오는 내내 잠시도 쉬지 않고 격렬히 떠들던 디든 콰렐도 오지 행성을 보자 입을 다물었다. 나 역시 보면서도 믿어지지 않았다. 행성 가득 생명이 들끓고 있었다. 이토록 많은 생명이라니, 이토록 다양한 생명이라니. 디든 콰렐과 나는 경외의 정신을 담아 오지 행성을 '쉥'이라, 쉥에 사는 생명들을 '쉥젠'이라 이름 지었다.

쉥의 시공은 납작하고 단호하여 한 방향으로만 갔다. 시작에서 끝으로, 탄생에서 소멸로. 때문에 쉥젠은 단 하나의 시공에서만 존재했다. 어제의 나는 흘러가서 없고, 내일의 나는 아직 오지 않아 없다. 결국 모든 쉥젠은 자기 자신과 분리되어 사는 셈이다. 단절자인 내 신세와 놀랍도록 닮았다.

— 히니긴 엔덴 마요린, 놀라지 마라. 쉥에…… 유영이 있다!

"디든 콰렐, 너의 무한 동력을 걸고 사실만을 말해라."

사실이었다. 그토록 찾아 헤맨 유영이 이 변두리 오지 행성에 존재했다! 디든 콰렐은 더 이상 들어 줄 수 없을 만큼 뽐내며 유영의 데이터를 펼쳐 보였다. 유영의 존재는 매우 다양했다. 강유영, 유영학, 유영한복, 유영떡볶이, 유영이랑 등 유사 유영까지 포

함하면 200만 개가 넘었다. 과연 저 중에 유영의 촉감과 관련된 유영이 있을까?

나는 망설였고 고민했다.

— 그러세요, 그냥 그렇게 우주가 다 식어 없어질 때까지 고민이나 하세요. 선택할 수 있는 *용기가* 단절자 *따위에게 있겠어요.*

그 뒤로도 끝없이 이어지는 디든 콰렐의 독설에 떠밀려 유영과 유사 유영이 밀집된 곳 중 하나를 골랐다. 디든 콰렐은 원자를 재배열하여 쉥젠 중에서 '인간'의 몸을 만들었다. 인간이라니, 썩 내키진 않았다. 기왕이면 유서 깊은 생명인 시아노박테리아가 되고 싶었기 때문이다. 내장된 습득형 언어 통번역기가 제 역할을 하길 바라며 유영의 서식지로 향했다.

이른 밤, 서로 다른 백스물세 종류의 소리가 뒤엉킨 공터. 얇은 의복을 입은 인간들이 군데군데 무리 지어 있다.

"혹시 유영을 아십니까?"

첫 번째 무리는 나를 피해 이동했다. 두 번째 무리는 나를 힐끗 볼 뿐 내 질문에 대답하지 않았다. 요새 여자애들은 왜 저 꼬라지로 다니냐며 자기들끼리 열띤 토론만 펼쳤다.

난 내 꼬라지를 살폈다. 걸친 의복은 상의와 하의로 나뉘었고 검고 반질반질하고 치렁치렁했다. 이게 문제인가, 아니면 얼굴이 문제인가. 알 수가 없다. 놀랍게도 쉥젠은 자신의 모습을 온전히 볼 수 없다. 도구가 없으면 자신의 생김새도 확인할 길이 없다. 그래서 타 개체의 꼬라지에 대해 말이 많은가 보다. 본디 자기 자신에 대해 무지할수록 타 개체에 대해 쉽게 떠드는 법이다.

어두운 곳에 자리 잡은 세 번째 무리는 알코올을 섭취하며 요란한 소리를 내고 있었다. 무리 중 얼굴이 유난히 붉은 개체가 다가왔다. 성체에 가까운 수컷이었다.

"오, 나 고스 스타일 완전 좋아하는데."

내 의복을 위아래로 훑어보며 말했다. 어찌 해야 하지? 너 좋으라고 입은 거 아니라고 말해야 하나.

"같이 놀래? 저기 자리 많아."

수컷은 내 오른팔에 자신의 팔을 끼워 자기가 속한 무리로 질질 이끌고 갔다. 이것이 인간종의 초대 방식인가? 개체의 감촉은 불쾌했고 체취는 역겨웠다. 체내로 들어간 알코올이 분해되지 않은 게 분명했다.

"전 유영을 찾고 있습니다. 혹시 아십니까?"

"유영이? 일단, 앉아 봐. 내가 애들한테 물어볼게."

이번엔 내 양어깨를 감싸 안더니 강하게 내리눌렀다. 허락을 구하지 않고 내 몸에 위력을 가한 셈이다. 진정 초대의 행위가 맞나? 디든 콰렐에게 확인해야 할 사안이다.

디든 콰렐은 쉉에서 좀 떨어진 소행성 무리에 섞여 있었다. 내 질문은 8분 뒤에 디든 콰렐에게 도착할 테니 답변은 16분 뒤에나 확인 가능할 것이다. 시간 차를 극복하는 방법은 기다림뿐. 나는 직립 자세를 계속 유지하면서 디든 콰렐의 답변을 기다렸다.

"야, 보여? 얘 꿈쩍도 안 해!"

"헌우 너 이 자식, 혼자 못 쓰러뜨리냐?"

무리는 한꺼번에 폭발적인 파열음을 내며 흥분했다. 입은 헤벌어지고 얼굴은 괴상하게 일그러뜨린 채 온몸을 들썩이며 의미 없는 소리를 냈다. 우하하하, 크하하, 니미, 존나, 크흐흐. 무리들이 하나둘 일어나 내 주위로 모여들었다.

"어우 야, 여기서 뭐 해? 한참 찾았잖아!"

어디선가 다가온 새로운 인간 개체가 내 왼손을 조심스레 잡았다. 성장 중인 암컷. 몸집은 나보다 작은데 손은 나보다 컸다. 거칠고 메마르고 억센 손이다. 암컷은 빠르게 말을 이었다.

"애들 저쪽에서 기다리고 있어. 얼른 가자."

암컷이 자기 쪽으로 날 잡아당겼다.

수컷 무리의 초대를 거절하고 자기의 초대에 응하라는 건가? 표정에서 걱정이, 행동에서 다급함이 느껴졌다. 디든 콰렐의 답변은 12분 24초 뒤에 도착할 것이다. 난 초대를 정중히 거절하는 방법을 모르는데, 어쩐다. 암컷은 재차 내 팔을 잡아끌며 이동하고자 했다. 하지만 '헌우 너 이 자식'이 다가와 암컷에게 얼굴을 바짝 들이대며 진로를 방해했다. 암컷의 몸이 뻣뻣해졌다. 호흡이 가빠지고 동공도 확장되었다. 위험을 감지한 것이다. 나 역시 그렇게 느꼈다. 나는 수컷 무리가 내게 처음 접근했을 때부터 하고 싶었던 말을 했다.

"헌우 너 이 자식은 물러서라. 경고한다, 무리를 끌고 돌아가라."

"뭐래냐, 이 고스 걸은. 너는 말투가 왜 그 모양인가?"

헌우 너 이 자식이 자신의 어깨로 내 어깨를 밀어젖혔다. 해보자는 거군.

"그대가 시작한 전쟁이다."

난 8켈라 크기의 아공간을 열고 신속하게 헌우 너 이 자식을 밀어 넣었다. 몸부림을 치는 바람에 닫을 때 수컷의 좌측 하지 일부가 분리되었다. 다시 열어 넣어 줄까 하다가 관뒀다. 145시간만 지나면 출구가 열릴 테니 무리들이 알아서 챙겨 주겠지.

헌우 너 이 자식의 무리가 괴성을 지르며 우왕좌왕하는 사이, 암컷이 나를 끌고 뛰었다. 공터를 빠져나왔지만 계속 뛰었다. 숨이 가쁘고 심장이 터질 것 같았다. 인간은 왜 이렇게 고통스러운 방법으로 이동하며 살까.

쉬에선 시공 이동법이 하나뿐이다. 힘이 작동하는 방향으로 이웃한 점을 반드시, 모조리, 순차적으로 거쳐야만 한다. 계단으로 가든 엘리베이터로 가든 1층 다음에 2층, 2층 다음에 3층, 그

다음에 4층, 5층 이런 식으로만 이동할 수 있다. 쉥의 최상위 포식자이자 고등 지적 생명체인 인간도 이동 수단을 만들어 속도만 빠르게 할 뿐, 공간을 접거나 한쪽으로 모아 두지 못한다. 사는 게 얼마나 고될까. 그래서 쉥에는 말도 많고 탈도 많은가 보다.

그 공터에서 꽤 멀리 이동했다. 암컷은 숨이 넘어갈 듯 헉헉거리며 멈췄다.

"으아! 그 양아치, 어떻게 한 거예요?"

"별거 안 했습니다. 그저 깊은 바닥에 누워 있게 한 겁니다."

"그쵸, 사라진 게 아니라 그쪽이 한방에 쓰러뜨린 거죠? 너무 후딱 쓰러져서 내가 못 본 거죠?"

"음…… 아주 틀린 표현은 아닙니다. 근데, 양아치는 무슨 종인가요?"

"아니, 딱 봐도 양아치들인데 무슨 종이라뇨, 첨부터 아예 상대를 말아야죠. 왜 빌미를 줘요?"

"이해가 되질 않습니다. 난 그저 그곳에 있었을 뿐입니다. 나의 어떤 행동이 그들에게 빌미가 된 겁니까? 혹시 이곳에선 홀로 있는 것이 나에게 폭력을 행사해도 된다는 허락입니까?"

"아, 아니에요. 미안해요, 그쪽 잘못이 아니죠. 너무 위험한 상황이라 놀라서 그랬어요."

"그렇게나 위험한 상황이었습니까? 이런, 싹 다 집어 처넣을 걸 그랬군요. 일단 유영부터 찾고 정리하러 가겠습니다."

"유영?"

"네, 유영. 혹시 아십니까?"

"……내가 유영인데?"

아. 아드 롱센 권역을 벗어나 두 개의 초은하단과 세 개의 은하군을 건너 이 외딴 오지 행성에서 결국 찾아낸 것인가! 심장 언저리가 빼근해지며 들뜬 상태가 되었으나 이내 가라앉았다. 눈앞에 보이는 유영이 이 행성의 200만 개 유영 중 내가 찾는 그 유영일까. 마침 디든 콰렐에게서 연락이 왔다.

— 넌 머리라는 것이 있잖니, 의도를 파악해라. 그 상황에서 네 신체에 완력을 가했으면 폭력이지, 그럼 친절한 초대겠냐! 그 인간, 당장 나한테 보내라. 참고로 상호 협의하에 신체를 접촉하는 건 인간의 사회적 인사다. 서로에게 호의를 품은 암수 한 쌍이 신체를 접촉하고 타액과 체액을 교환하는 건 번식 행위고. 그게 그렇게 좋다니까 꼭 한번 경험해 보도록.

— 그 수컷은 이미 좋은 곳으로 보냈다. 그리고 큰일 났다, 유영을 찾았어! 인간 암컷, 성장 중이야. 이제 어쩌지?

또 16분이 지나야 대답을 듣겠군. 그냥 쬐그만 공간 하나 뚫고 다녀올까. 유영은 갑자기 양 손바닥을 짝, 소리가 나게 맞부딪히며 말했다.

"아! '유영이랑 흙놀이' 채널 구독자세요?"

모르면 웃으라는 말을 들은 바 있다. 16분은 언제 지날까. 일단 한 번 더 확인했다.

"그쪽이 유영, 확실합니까?"

"네, 유영이랑 흙놀이 채널 운영자 유영이에요. 아휴, 오늘 집합 장소는 아까 그 공원 편의점이었는데 왜 다른 데 있었어요? 그냥 갔으면 못 만날 뻔. 이름이 뭐예요?"

"나는…… 나라는 존재는 히니…… 마요린, 그냥 마요린이라고 부르십시오."

"어? 그런 이름은 도예 체험 신청자 명단에 없는데. 신청 안 하고 오셨어요?"

"아…… 그것은 제가 매우 멀리서 급하게 왔기 때문입니다. 지금 신청하면 안 됩니까?"

"됩니다, 되고말고요! 헤헤, 오늘 도예 체험 첫 번째 정모인데 아무도 안 와서 공치는 줄 알았거든요. 요린 님이 와서 완전 다행! 요린 님 어디서 왔어요? 학교는 어디? 중학생은 아니죠?"

이런, 질문이 한꺼번에 쏟아졌다. 날 보는 유영의 눈이 반짝반짝하다. 이렇듯 빛나는 존재에게 거짓을 말할 순 없다.

"오긴 우주에서 왔고 그, 학교, 학교는……."

"혹시, 안 다녀?"

모르겠다! 또 소리 내지 않고 웃었다. 유영은 또 한 번 양 손바닥을 맞부딪혀 소리를 내더니 환성을 질렀다.

"진짜? 용감하고, 멋지고, 완전 끝내준다! 난 열여덟. 요린 님은 몇 살이에요? 나보단 어려 보이는데."

"네……에. 그렇습니다."

거짓은 아니다. 난 이 모습으로 생을 산 지 겨우 19분이 되었으니까. 유영의 눈이 더욱 반짝거렸다.

"그래, 그래 보였어. 나 말 편하게 한다. 이제 언니랑 공방 갈까?"

낡은 건물 앞. 유영은 '공방 흙놀이'라고 쓰인 문을 열었다. 차라라랑, 문 위쪽에서 흙을 구워 만든 길쭉한 막대기들이 부딪혔다. 700헤르츠부터 970헤르츠 사이의 소리. 심장을 중심으로 반경 7센티미터 부근까지 미약하게 떨렸다. 살짝 들뜬 상태가 되었지만, 좋다. 이런 종류의 자극은 언제든지 환영이다. 그런데 이 공간은 젖은 흙냄새와 차가운 흙탕물과 따가운 흙먼지가 지배하고 있었다. 게다가 바닥엔 용도를 알 수 없는 집기가 많아 발 딛고 설 자리도 부족했다.

"아쭈, 우리 유영이 벌써 오셨어요?"

"어라, 선생님 여태 안 가셨어요?"

"너 유튜브 이벤트인가 뭐시기 한대서 도와줄 거 있나 보고 가려고 했다가 진짜 늦었으니 너는 나를 책임져라."

"앗, 선생님. 사랑합니다! 요린아, 우리 공방 선생님이셔."

선생님은 성체 암컷으로 키도 크고 손도 큰 것이 몸이 매우 단단하고 억세 보였다. 내뿜는 에너지가 보통이 아니다. 하긴 이런 혼돈 상태를 유지하는 게 쉬운 일은 아닐 것이다. 선생님은 나를 가리키며 구독자냐고 물었고, 유영은 그렇다며 내 옆구리를 쿡 찔렀다. 구독자란 불시에 옆구리를 찌르는 관계인가. 내가 당황해하자 선생님은 엄청난 소리를 내며 웃었다.

"우리 구독자님, 한 아트 하겠는걸! 스타일 진짜 멋져요. 흙놀이보다는 바느질놀이를 해야 하는 거 아닌가?"

"일단 유영을 따라왔습니다."

"유영이가 애들 다 버리는구나. 의상에 관심 있으면 말해요. 내 친구 중에 스타일리스트 있거든. 놀다 가요."

선생님은 밝은 목소리로 인사하곤 떠났다.

거대한 에너지를 뿜던 이가 사라지니 공방의 혼돈을 찬찬히 살필 여유가 생겼다. 공방의 벽은 대단했다. 일정한 간격으로 층층이 나뉘어 있는데 각 칸은 용도를 추측하기 어려운 자그마한 물건으로 빼곡했다. 혼돈, 혼란, 무질서, 카오스…….

"마요린, 거기 선반에 있는 컵이랑 미니어처들은 전부 수강생들 작품이야. 만지지 말고 눈으로만 봐."

"수강생?"

"응. 우리 선생님 수강생들. 유치원 애기부터 동네 어르신까지 다양해. 흙놀이 채널 영상에 얼핏 나오는 거, 그거야."

도대체 어떤 채널에 무슨 영상을 말하는 걸까. 질문거리만 쌓인다. 아까 보낸 질문에 대한 답도 아직 안 왔다. 쉉의 시공은 정말 적응하기 힘들다. 디든 콰렐, '유영이랑 흙놀이' 채널과 영상 정보 좀 보내 줘.

내가 가만히 서 있자 유영이 피식 웃으며 말했다.

"나 청소할 동안 달 구경 할래? 저쪽 커튼 열면 있어. 너무 가까이 가진 말고."

이 직육면체 작은 공간에 달이라니? 아하, 창문으로 바깥에 있는 쉉의 자연위성을 보란 말이군. 그런 천체는 쉉에 건너오면서 질리도록 봤다. 차라리 유영의 움직임을 관찰하며 유영의 촉감에 대한 단서를 찾는 편이 낫다. 난 유영에게 시선을 고정하고 주의를 기울였다.

유영은 몸의 크기에 비해 머리에서 난 체모가 길었다. 우주의 어둠만큼 어두운 색. 눈 위에 달린 짧은 체모도 어둡고 짙다. 눈동자 역시 깊은 어둠의 색이다. 쉉젠에게도 빛이 생기기 이전의 우주가 스며 있는 걸까. 유영은 공간 정리를 시작하면서 긴 체모를 묶어 정수리에 고정시켰다. 움직임이 효율적으로 조정되었다. 유영의 몸은 하체가 짧고 몸의 중심부와 하지가 두툼하다. 직립보행에 매우 적합한 형태이다. 머리를 떠받치는 목도 짤막하니 안

정적이다. 목이 머리만큼 굵다면 더 좋았을 텐데. 그래도 저 정도의 신체라면 노쇠하여도 가능한 한 오래 직립보행을 할 수 있으리라. 특히 저 크고 두툼한 손은 생의 마지막까지 그 역할을 충실하게 해낼 것이다.

"뭘 그렇게 빤히 봐, 사람 민망하게. 달 구경 안 해?"

"아, 그게, 같이, 같이 보면 더 좋을 것 같습니다."

유영은 눈을 찡긋거리며 다가와 커튼을 열었다. 난 뇌에 들어온 시각 정보를 의심했다. 따스한 백색의 속 빈 덩어리, 조금 이지러지고 기우뚱하지만 구에 가까운 형태. 2켈라 정도의 크기, 입구와 출구가 같아서 들어간 곳으로만 나올 수 있는 공간. 맙소사…… 아공간! 내 아공간이자 선대들의 아공간 형태다.

유영은 활짝 웃으며 말했다.

"달 항아리. 우리 선생님 작품이야. 끝내주지?"

때마침 디든 콰렐에게서 답이 왔다.

— 히니긴 엔덴 마요린, 유영을 찾아 준 내 유능함을 찬미하거라. 이제 유영과 접촉해서 유영의 촉감을 알아내면 되는 거 아니냐, 이 멍청아!

— 디든 콰렐, 대충 뭉뚱그리지 말고 구체적인 정보를 제공해라. 그냥 막 접촉하면 폭력이라며, 방법을 제대로 알려 줘야지.

나는 유영과 함께 공방이라는 공간에 있다. 여기에 달 항아리란 물체가 있는데, 형태가 내 아공간과 똑같아. 어떻게 이럴 수가 있지?

나는 달 항아리에서 눈을 떼지 못했다. 유영도 그랬다.

"엄청 크지? 높이는 54센티, 둘레가 55센티야. 기다려 봐, 더 끝내주는 거 보여 줄게."

천장에 달린 납작한 기계를 작동시키자 달 항아리로 빛이 쏟아졌다. 색색의 빛은 마치 광막한 어둠 속에서 고요히 빛나다 소멸하는 천체처럼 아름다웠다. 그 찬란한 빛이 달 항아리의 둥근 표면을 따라 흘러내린다. 내 아공간도 빛이 표면을 따라 흐른다. 어찌 이렇게까지 비슷할 수가 있을까. 펄떡펄떡, 심장이 세차게 뛴다. 핏줄이, 근육이 팽팽해진다. 온몸이 격한 들뜬 상태가 되었다.

유영이 말했다.

"좋아서 환장하겠지?"

"네?"

"표정이 딱 그래. 아주 그냥 좋아서 속이 다 울렁거리고 심장이 입으로 튀어나올 것 같고 머리 뚜껑이 확 열린 것 같지 않아?"

"정확합니다! 혹시 유영도 그러합니까?"

"그럼! 그러니까 내가 여기서 흙 만지고 있지. 언젠가는 나도 달 항아리 작가가 될 거야."

"달 항아리는 어떻게 만듭니까?"

"먼저 윗발, 아랫발이라고 큰 사발 두 개를 만들어. 적당히 마르면 윗발과 아랫발의 입을 맞붙이는 거야. 요기가 이어 붙인 자리지. 그다음에 초벌구이, 유약 바르기, 재벌구이를 하지."

유영은 달 항아리의 가장 불룩한 부분을 가리켰다. 섬세하게 이어 붙인 흔적이 있었다. 본디 둘이었던 열린 공간을 연결해 하나의 반 닫힌 공간으로 만든 거다. 아무리 정밀하게 만들어도 이지러질 수밖에 없다. 내 아공간이 그런 것처럼. 그래, 달 항아리를 만들면 유영의 촉감을 찾을 수 있을지도 모른다.

"전 지금 달 항아리를 만들어 보고 싶습니다!"

"푸핫, 안 됩니다! 저건 아주 오랜 시간을 들여 훈련해야 만들 수 있는 거야. 난 흉내도 못 내. 대신 항아리는 만들 수 있어. 그걸로 도예 체험 할래?"

"항아리요?"

"응, 항아리. 작지만 달 항아리랑 비슷하게 만들 수 있어. 어때?"

"아…… 네, 그럼 그것으로 부탁드립니다."

유영은 원통 모양의 흙덩어리를 가져왔다. 축축하고 무거운 덩어리. 저것에서 유영의 촉감을 느낄 수 있을까? 유영은 흙덩이를 판판한 널빤지에 내려놓고 양 손바닥으로 꾹꾹 누르며 말했다.

"흙에서 기포를 빼고 밀도를 높여 줘야 해. 안 그러면 물레 성

형이 제대로 안 되거든. 어찌저찌 그릇 모양을 잡아도 가마에서 다 터져."

유영은 흙덩이를 들더니 널빤지에 힘껏 내던졌다. 한 번, 두 번, 세 번. 넓적해진 흙을 둥그렇게 그러모아 양손 엄지손가락을 나란히 두고 잡았다. 체중을 실어 흙뭉치를 누르며 오른쪽으로 조금씩 돌렸다.

"이게 꼬막밀기야. 최소 100번은 해야 돼. 이제 네가 해 봐."

두근두근, 또 들뜬 상태가 되었다. 흙을 잡고 유영이 보여 준 대로 움직였다. 축축하고 묵직한 흙의 촉감이 좋았지만 유영의 촉감은 아니다. 꼬막밀기가 끝난 흙덩이는 둥글둥글한 원뿔 모양이 되었다. 유영은 흙덩이를 둥그런 금속판에 붙이고 말했다.

"이제 물레차기! 이건 전기물레야. 흙물 튀니까 좀 떨어져서 봐."

유영은 숨을 가다듬었다. 위이이이잉, 금속판이 빠르게 회전했다. 흙에 충분히 물을 묻힌 다음, 품어 안듯 양손으로 잡았다. 흙덩이는 천천히 위로 솟아올라 원기둥이 되었다.

"이게 중심잡기야. 힘의 균형이 중요하지. 물레가 도는 속도랑 손의 힘이 잘 맞아야 기둥이 세워져."

유영의 손길에 맞춰 흙덩이는 길쭉한 원기둥이 되었다가 주저앉기를 반복했다. 저 상태의 흙을 주무르는 감촉이 유영의 촉감일까?

“나에게도 기회를 주십시오.”

“진짜 할 수 있겠어? 이거 보기보단 어렵다.”

“유영이 도와주면 할 수 있습니다.”

난 유영이 앉았던 물레 앞에 앉았다. 유영은 다른 의자를 가져와 내 등에 바짝 붙어 앉았다.

“마요린, 넌 나보다 두 뼘은 더 크면서 어째 앉은키가 나보다 작냐, 기분 나쁘게.”

“기분 나쁘게 해 드려서 죄송합니다. 그러나 인간의 직립보행에는 유영의 몸이 더 적합합니다. 보다 안전하고 건강한 상태로 노쇠할 수 있을 겁니다.”

“크히힛, 진짜 적응하기 버겁다! 요린아, 넌 말투가 왜 그 모양이니?”

“말투에도 모양이 있습니까? 그건 몰랐습니다.”

“으잉? 너 어디 외국에서 살다 왔어?”

“따지고 보면 그렇습니다.”

“오오, 그렇구나. 어쩐지 고스 스타일이 너무 잘 어울린다 했어. 어디에서 살았어? 영국? 아이슬란드?”

“말해도 모를 겁니다. 워낙 멀리 있거든요.”

“뭐야, 어딘데? 설마, 안드로메다?”

“안드로메다요? 그만큼만 멀어도 좋겠습니다.”

유영은 얼굴이 시뻘게지더니 숨을 제대로 못 쉬며 꺽꺽 소리를 냈다. 발을 동동 구르고, 자기 다리 윗부분을 철썩철썩 치며 몸을 비틀었다. 저 정도로 호흡이 곤란하면 위기 상황 아닌가? 스스로도 죽을 것 같다고 하고. 헌데 그런 유영을 보다 보니 내 입에서도 파열음이 연속적으로 터져 나오며 숨이 가빠 왔다. 유영이 우리 제발 그만 웃자고 했지만 멈춰지질 않았다. 호흡곤란 때문에 몸부림을 치면서도 유쾌하다니, 놀라운 경험이다.

물통엔 흙탕물이 찰랑거렸다. 희뿌연 흙물을 손에 듬뿍 묻혔다. 위이이이이잉, 회전판이 빠르게 돌았다. 유영이 했던 대로 왼손을 바깥쪽에 두고 오른손을 안쪽에 대어 살짝 밀어 올리듯 힘을 주며느아아아악, 퍼억! 원기둥이 되다 만 흙덩이가 두 동강 나면서 내 얼굴을 후려쳤다. 눈물이 찔끔 날 정도로 아팠다. 차갑고 미끄덩거리는 흙물이 눈가와 코, 뺨과 턱에서 줄줄 흘렀다. 유영의 촉감과는 거리가 먼 촉감이다. 유영은 목청껏 소리 내어 웃었다. 내 귀에 바짝 붙어서 웃는 바람에 고막이 찢기는 줄 알았다.

"요린아, 괜찮아? 엄청 아프겠다."

"걱정해 주는 겁니까? 매우 즐거워 보입니다만."

"거울 보면 너도 즐거워질 거야."

유영은 킬킬대며 거울을 가져다줬다. 거울 속 나를 보니 나도 웃음이 터져 나왔다. 숨이 가쁘고 배가 당겼지만 도저히 그칠 수가 없었다. 다시금 몸부림을 치며 괴로워했지만 몹시 즐거웠다. 유영의 촉감과는 다르지만 이 역시 좋았다.

다시 흙덩이를 올리고 물레를 돌렸다. 아공간을 만들 때처럼 집중했다. 왼손은 바깥쪽, 오른손은 안쪽. 양손에 비슷한 크기의 힘을 가하자 흙덩이가 원기둥 모양으로 올라갔다!

유영이 꺄, 꺄 소리를 질렀다. 나도 같은 소리를 내 버렸다. 그런 소리를 내게 하는 기분이었다. 유영은 내 양손 엄지를 잡아 원기둥 윗면 한가운데에 두었다.

"엄지에만 힘을 주고 지그시 눌러 봐. 그럼 움푹한 공간이 만들어져."

호흡을 가다듬고 지시대로 했다. 흙이 밀려나면서 움푹한 공간이 만들어졌다. 유영은 나머지 네 손가락으로 바깥면을 지탱하면서 엄지로 흙을 더 밀어 내라고 했다. 원반에 가까운 형태가 되자 유영이 환호했다.

"정말 잘했어! 이번엔 항아리야. 다시 원기둥 만들어 봐. 좋아, 이제 집중해. 일, 왼손바닥으로 기둥을 지탱한다. 이, 오른팔을 회전판에 수직으로 든다. 삼, 오른손은 주먹을 쥐고 검지 두 번째 마디가 튀어나오게 만든다. 마지막, 그대로 바닥까지 돌진!"

검지 두 번째 마디에 닿은 흙은 주변으로 밀려나 왼손바닥을 따라 차곡차곡 위로 쌓였다. 원기둥 속으로 팔뚝 중간까지 들어가는 공간이 생겼다. 아공간을 열 때 힘을 이용하는 방식과 놀라울 정도로 유사하다. 아공간 안쪽을 팽창시킬 때 아공간 바깥쪽에서도 비슷한 크기의 힘을 가해야 한다. 흙이 닿는 촉감도 아공간의 안쪽 촉감과 비슷했다. 하지만 이것이 유영의 촉감은…… 아니다. 이 오지 행성에서 아공간의 모형을 만드는 것이 대단한 경험이긴 하나, 유영의 촉감은 아닌 거다. 이것으로 만족해야 하는가.

"요린아, 아주 잘했어. 내가 달 항아리 닮은 항아리로 만들어 볼게."

내가 만든 불룩한 원기둥은 유영의 손길이 닿자 작은 달 항아리 모양으로 변했다. 유영은 가느다란 철끈으로 항아리 밑동을 잘라 회전판에서 분리했다. 물레 주변을 정리하면서 연신 너 진짜 잘한다, 계속 여기 나와라, 같이 도예 하자고 말했다.

"요린아, 나 궁금한 거 있는데. 물어봐도 돼?"

"네, 됩니다."

"학교 말야, 안 다니면 불안하지 않니?"

"저의 경우엔 존재의 시작 순간부터 지금까지 매순간 불안했습니다. 사실상 더 나빠질 것이 없는 신세입니다. 최악이지요."

"아…… 미안해. 너 힘들게 하려고 한 얘기는 아니었어. 난 그냥 네가 씩씩해 보여서. 있잖아 나, 1학년 때 자퇴하고 싶었어. 마이스터고에 다니는데 공부가 나랑 너무 안 맞는 거야. 컴퓨터가 나랑 그렇게 안 맞을 줄 몰랐다니까. 전교 꼴등 해 본 적 있니? 난 두 번 해 봤어. 학교 다니는 것도 무섭고 안 다니는 것도 무섭고 그냥 다 무섭더라. 어떻게 살아야 할지 하나도 모르겠는 거야. 미친 듯이 여기저기 싸돌아다녔어. 그러다 여기 공방에서 알바 구한다고 해서 왔다가 도예를 시작했어. 흙을 만지니까 좀 살겠더라고. 공부는 여전히 못하고 학교 싫은 건 똑같지만 말야. 흙은 자기를 만지는 사람을 씩씩하고 넉넉하게 만드는 것 같아. 우리도 봐, 만나자마자 금방 친구 됐잖아."

"친구요?"

"엉, 같이 흙장난했으니까 친구지. 서로 아껴 주면서 기쁜 일도 어려운 일도 함께하고, 같이 놀고, 맛있는 거 나눠 먹고. 요린아, 배고프지? 우리 컵라면 먹자!"

유영은 '매운해물맛 크림까르보컵라면'을 가져와 펄펄 끓는 물을 부었다. 오묘하고 풍성한 냄새가 공방을 꽉 채웠다. 입 안에 침이 가득 고여 흐를 지경이었다. 먹으려 했지만 유영은 4분 더 기다리라고 엄숙히 일렀다. 그것이 규칙이라고 했다. 도대체 4분을 어떻게 기다리란 말인가! 그런 잔혹한 규칙을 지킬 필요가 있냐며 따졌지만 유영은 단호했다. 지킬 만한 가치가 있는 규칙이라고 했다. 과연 그러했다! 처음엔 혀 맛봉오리 전체가 불붙은 듯 뜨겁더니 뒤이어 깊은 부드러움이 입 안을 어루만져 황홀하게 했다.

유영은 배가 불러 터질 것 같다며 자신의 배를 어루만졌다. 나는 유영의 배가 불룩하긴 하나 터질 정도는 아니니 안심하라고 했다. 내 말끝에 유영은 또 끄하핫 소리를 내며 웃었다. 나도 덩달아 웃었다. 가슴 언저리가 따뜻해지고 밝아지는 듯했다. 유영은 나에게 그렇게 웃으니 꼭 강아지 같다며 주먹을 내밀었다. 주먹?

"요린아, 너도 주먹 내밀어야지. 주먹 인사, 몰라?"

"이……렇게요?"

"아얏! 야, 살살, 살살! 인사라고 인사."

"죄송합니다. 다시 하겠습니다. 이렇게 살짝 대면 됩니까?"

"짠, 디저트는 초콜릿!"

유영이 주먹을 펴니 작은 무언가가 두 개 있었다. 내가 다 움켜쥐자 유영은 정색을 하며 "초콜릿은 한 개만."이라고 했다. 유영은 초콜릿을 오독오독 씹었다. 나도 초콜릿을 입에 넣었다. 순간, 정신이 아득해지면서 몸과 분리될 뻔했다! 내 심장과 정신 사이에 작고 여린 무언가가 방울방울 생겼기 때문이다. 유영의 촉감과 너무도 흡사했다. 하지만 너무 빨리 사라졌다. 유영은 내 얼굴을 보더니 알았다고, 하나 더 먹으라며 초콜릿을 건넸다. 허나 이번 초콜릿은 유영의 촉감과 관계가 없었다. 초콜릿 말고 다른 변수는 뭐였지?

"요린아, 빨리 청소하고 가자. 언니가 차 타는 데까지 바래다줄게. 우리 친구 아이가."

유영은 더러운 천 뭉치가 달린 기다란 봉을 내 손에 쥐여 주며 씩 웃었다. 친구…… 친구?

"잠깐만요!"

"응?"

"그러니까, 우리 친구 맞지요?"

"그래, 이 친구야. 우린 아까부터 친구였잖니."

"그, 그, 주먹 인사를 다시 해 보고 싶습니다."

난 주먹을 내밀었다. 친구 유영도 주먹을 내밀었다. 꽉 쥔 주먹이 닿는 순간, 친구는 주먹을 풀고 손가락을 사르르 떨었다. 손가락 사이로 빛이 흩뿌려지는 것 같았다.

너도 해 봐, 친구는 다시 주먹을 내밀었다.

어둡고 텅 빈 우주를 건너온 내 주먹이 친구에게 닿는 순간, 내 안에 단단히 접혔던 것이 펴지며 빛을 흩뿌렸다. 가슴 어딘가가 톡, 열렸다. 방울방울한 것이 걷잡을 수 없이 생겨나더니 거세게 솟구쳐 흘러내렸다.

요린아, 왜 울어, 괜찮아? 친구는 한동안 말없이 있다가 슬며시 내 손을 잡았다. 요린이 네가 우니까 나도 눈물 나잖아. 방울방울 떨어지는 친구의 눈물은 무한히 다정했다. 그 다정함은 모든 공간과 아공간 사이를 넘고도 남을 끈이었다.

친구는 살포시 날 안았다. 나 자신과 단절되었을 때, 내가 나를 안지 못할 때, 나를 안아 주는 존재, 친구. 토닥토닥, 친구가 내 어깨를 다독였다. 요린아, 많이 힘들었나 봐. 오늘은 실컷 울어, 알았지? 친구의 다정한 속삭임이 온 우주에 퍼져 나갔다.

난 눈을 감은 채 부드럽고 단단한 유영의 촉감을 느꼈다.

눈을 떴을 땐 디든 콰렐 안이었다.

— 히니긴 엔덴 마요린, 돌아온 거냐! 설마 찾은 거야? 유영의 촉감을 알아냈어?

난 말없이 웃었다. 궁금증을 참지 못한 디든 콰렐이 쉉으로 뛰어들려는 걸 겨우 막았다. 디든 콰렐의 신랄한 투덜거림을 들으니 참 좋았다. 이 수다 덕분에 나는 우주의 광막함을 견딜 수 있었고 단절의 외로움을 접어 둘 수 있었던 거다.

유영은 서로 아껴 주면서 기쁜 일도 어려운 일도 함께하고, 같이 놀고, 맛있는 걸 나눠 먹는 사이가 친구라고 했다. 그렇다면 디든 콰렐도 내 친구이다. 어쩌면 디든 콰렐에게서도 유영의 촉감을 느낄지 모른다. 디든 콰렐도 내게서 그걸 느낄 수 있을 거고. 그래, 그럴 수 있을 거다.

선대가 옳았다.

말이나 문자로는 설명할 수 없다.

나 역시 문자화된 기억을 남기지 않을 것이다.

스물한 번째 나 역시 유영의 촉감을 기억하기를.

광막한 우주에서도

기억하는 한, 언제나 함께.

은소홀 … 원동기 면허 취득기

시작은 달라도 마지막은 언제나 똑같다. 텅 빈 교실에 나 혼자 뿐이다. 교실 문은 앞뒤로 꽁꽁 잠겨 있고 창문 커튼도 내려져 빛 하나 들어오지 않는다. 나는 의자에 앉아 책상 위에 놓인 시험지를 들여다본다. 1교시 국어 영역이다. 심호흡을 한번 하고 첫 번째 지문을 읽어 나간다. 하지만 방금 전까지도 말짱했던 시험지는 내가 눈으로 훑기 시작하자 조금씩 타들어 가기 시작한다. 나는 불을 끄려 시험지를 털어 보고 침도 뱉어 보지만 아무 소용이 없다. 가장자리에서부터 시작된 불길은 문제를 하나씩 집어삼키고, 책상 위에 풀어 놓은 손목시계에서는 초침이 움직일 때마다 철컹철컹 소리가 난다. 나는 울면서 문제를 읽기 시작한다. 이제 보니 교실은 아이들로 가득 차 있고 모두 아무렇지 않은 표정으로 활활 타오르는 시험지를 풀고 있다. 샤프를 잡은 손가락 끝이 까맣게 그을린 채로.

수능을 본 지가 두 달이 넘어갈 때까지도 나의 꿈은 한결같았다. 어떤 사람들은 대학을 졸업하고 회사에 들어가서도 수능 악몽을 꾸곤 한다는데, 혹시나 나도 그중 하나가 되는 것은 아닐까 걱정스러웠다. 아니지, 사실 악몽 따위 매일 꿔도 상관없으니 대학에 갈 수만 있으면 좋겠다는 게 솔직한 심정이었다.

그날도 마찬가지였다. 눈을 떠 보니 베개는 축축하고 눈에는 눈곱이 잔뜩 껴 있었다. 나는 대충 찬물로 눈을 비비고 식탁에 가서 앉았다.

"오늘은 그래도 해 지기 전에 일어났네."

나를 바라보는 엄마의 눈빛에 안쓰러움과 한심함이 반반씩 섞여 있었다. 그러거나 말거나 나는 두유에 시리얼을 말아 우걱우걱 씹어 먹었다. 밤새 꿈에서 시달린 탓인지 허기가 밀려왔다.

"진주야, 너 할머니한테 좀 갔다 와라."

"할머니? 파주 할머니?"

"아니, 제주 할머니."

올해로 일흔인 나의 외할머니는 혼자 제주에 살고 있다. 엄마와 이모들은 매해 명절에 모일 때마다 이제 그만 자식들 곁으로 오시라고 할머니를 꾀고는 하지만 계획은 번번이 실패로 돌아갔다.

"나가 육지 나가면 뭐 허고 사느니? 거기 밭이 있어, 바당이 있어? 계모임도 다 여기서 허는디. 난 여기서 잘 살고 있으난, 쓸데없인 소리 허지 마라."

그러고 보니 잠결에 엄마가 언성을 높이는 것을 들었던 것 같았다. 할머니와 통화할 때면 엄마는 꼭 한 번씩 화를 낸다.

"할머니가 원동기 면허 따야 하는데 가서 좀 도와드리고 와."

"원동기? 오토바이? 할머니 오토바이 면허 있는 거 아니었어?

여태 잘 타고 다녔잖아."

"그러니까. 동네 분들이랑 같이 면허 땄다길래 그런 줄 알았더니, 글쎄 무면허였단다. 얼마 전에 단속에 걸렸나 봐."

할머니 성격을 모르는 게 아니라서 그다지 놀랍지도 않았다. 나의 할머니로 말할 것 같으면, 귀신같이 밝은 눈과 빠른 손으로 물건을 찾아 쓸어 담는다는 일명 평대리 바다의 진공청소기, 현해월 여사님이시다. 타고난 숨이 짧아 상군 해녀에 들지 못한다는 것을 깨닫고 분한 마음에 사흘 밤낮을 울었다는 이야기, 하지만 그것도 잠깐, 이내 곧 상군 못지않은 수확량을 뽐내 중군 중의 최고 중군으로 꼽혔다는 이야기는 할머니가 손자, 손녀 들을 앉혀 놓고 풀어놓는 단골 레퍼토리다.

"너 요즘 집에만 있으니까 답답할 텐데 제주도 가서 바다도 보고 그러라고. 엄마가 일만 아니었으면 이참에 가서 푹 쉬다 오는 건데, 출근이 원수다, 원수야."

문제를 풀 때에는 출제자의 의도를 파악해야 하고, 엄마가 선심 쓰듯 이야기할 때에는 숨은 의도를 파악해야 한다. 엄마는 할머니의 운전면허 취득이라는 희대의 난제를 제주라는 아름다운 섬의 이미지로 포장하고 있었다.

"싫어."

나는 숟가락을 내려놓고 국그릇을 들어 올려 바닥에 고인 두유를 마셨다.

"애들이랑 아르바이트하기로 했어. 돈 모아서 여행 갈 거야."

"제주도로 가면 되지. 비행기표니 숙소니 다 해결되는데."

"그게 무슨 여행이야, 유배지. 엄마, 진짜 이제 막 수능 끝난 고3한테 그러는 거 아니야."

내가 호락호락 넘어가지 않고 고3이라는 면제권까지 내세우자, 엄마도 더는 나를 구슬리려 하지 않았다. 대신 작게 한숨을 쉴 뿐이었다.

"그러네……. 할머니가 너 공부하느라 기운 빠지면 안 된다고 전복이니 문어니 잡아서 보내 준 게 엊그제 같은데 벌써 이렇게 됐다, 그지?"

그러면서 고개를 돌려 싱크대 위를 쳐다보는데, 뿔소라가 산처럼 쌓여 있었다. 무슨 속셈인지 알 것 같았다. 할머니에게는 미안했지만 그래도 순순히 엄마의 작전에 말려들기엔 억울했다.

"전복은 뭐 나만 먹었나. 엄마도 먹고 오빠도 먹었잖아."

그러자 엄마는 기다렸다는 듯이 오빠의 소식을 전했고, 다음 날 나는 제주도로 가는 비행기에 탑승할 수밖에 없었다.

"내가 얘기 안 했니? 네 오빠 다음 주에 군대 가는데."

할머니 집의 파란 대문을 열자마자 맨 처음 눈에 띈 것은 마당 한가운데 세워진 빨간색 오토바이였다. 나는 오토바이에 꽂힌 열쇠를 뽑아 주머니에 넣었다. 엄마는 나에게 '할머니 면허 취득 도와드리기' 못지않게 크나큰 미션을 하나 더 부여했는데, 다름 아닌 '할머니 오토바이 못 타게 감시하기'였다.

"아니, 그문 이제 물건은 어떵 옮기고, 밭은 어떵 가느니?"

"몰라. 아무튼 면허 딸 때까지는 안 돼. 할머니, 벌금 30만 원 잊은 거 아니지?"

이 핑계 저 핑계를 대며 우기던 할머니는 내가 벌금 이야기를 꺼내고 나서야 겨우 오토바이를 포기했다.

할머니가 살고 있는 구좌읍 평대리에는 할머니 말고도 무면허로 오토바이를 몰고 다니는 분들이 더러 있던 모양이었다. 대부분 우리 할머니처럼 해녀 일을 하는 분들이었다. 오래 걷기 힘든 어르신들이 동네 안에서만 탄다는 핑계로 파출소에서도 눈감아 주기를 몇 년, 그래도 다른 할머니들은 결국 하나둘 면허를 땄다는데 어쩐 일인지 우리 할머니는 차일피일 미루기만 하다가 결국 얼마 전에 마지막 경고를 받은 것이었다.

"학원엔 안 가켜. 그추룩 헐 거문 나 혼자 있을 때 벌써 갔주. 넌 뭐 허래 여기 와 있나?"

할머니는 학원은 안 갈 거라며 한사코 버텼다. 우선 첫 번째로 학원비가 아깝고, 두 번째로 가는 데 한 시간, 오는 데 한 시간 걸리는 학원에 며칠씩이나 시간을 들여 갈 수 없다는 게 이유였다.

"할머니, 사람들이 왜 학원을 다니겠어? 거기 가야 면허를 쉽게 딴다니까요."

나는 사교육이 열어 주는 지름길을 마다하고 굳이 독학의 가시밭길로 가려는 할머니를 이해할 수 없었다. 지금이야 할머니가 왜 그렇게 학원이라면 질색했는지 그 이유를 알지만 그때의 나는 그 이유를 생각해 볼 마음의 여유가 없었다.

그저 시험이라면 지긋지긋했다. 더 이상은 주어진 보기 중에 답을 골라야 하는 질문들에 답하고 싶지 않았다. 친구들이 수능도 끝났으니 운전면허 학원에 같이 다니자고 했을 때도 뒤도 돌아보지 않고 거부했는데, 이렇게 황당한 이유로 또다시 무언가를 외우고 문제를 풀어야 한다니 한숨이 나왔다.

나는 할머니를 원망하는 마음을 품은 채로 학과 시험공부를 시작했다. 할머니가 나를 위해 깊은 바다에서 잡아다 준 문어와 전복은 진작 소화되어 기억 속에서도 사라진 지 오래였다. 기출문제 몇 번 풀어 보면 합격한다고들 하는 게 운전면허 필기시험이었지만 문제는 생각보다 단순하지 않았다. 벌점 몇 점이니 형사입건이니 하는 문제는 깔끔하게 포기한다고 해도, 기본적으로 알고 있어야 하는 도로교통법의 양이 만만치 않았다.

할머니가 아침 일찍 물질을 나갔다 들어오고, 또다시 짐을 챙겨 밭에 나가 당근을 뽑는 동안 나는 문제집에 형광펜을 그어 가며 필수 암기 사항을 정리했다. 하지만 그렇게 만든 요약본을 식탁 위에 올려놓으면 할머니는 못 본 것인지, 못 본 척하는 것인지 잠깐도 들여다보지 않았다. 그런 날이 며칠 반복되자 이제는 시험 보는 사람이 나인지 할머니인지 헷갈릴 지경이었다. 결국 파도가 높아 바다에 나가지 못하게 되고 나서야, 나와 할머니는 문제집을 사이에 두고 마주 앉을 수 있었다.

"할머니, 여기 내가 동그라미 친 문제들만 쭉 풀어 봐요. 그럼 대충 60점은 넘길 수 있을 거야."

내가 퉁명스럽게 굴어서일까. 할머니는 어쩐 일인지 문제를 풀지는 않고 뚫어져라 보기만 했다. 그리고 한참 만에 볼펜을 내려놓으며 말했다.

"뭐랜 써져신지 알아야 뭐이라도 맞추주."

할머니는 고개를 돌려 마당을 내다보며 한 손으로 목덜미를 긁적였다. 그제야 나는 이 동네 할머니들이 면허를 딸 동안 왜 우리 할머니는 그러지 못했던 건지를 깨달았다. 할머니는 글자를 몰랐다. 나는 서둘러 아무렇지 않은 척, 마치 이미 알고 있었다는 듯이, 그러니까 지금 내가 여기 있는 것 아니냐는 듯 문제를 소리 내어 읽기 시작했다.

— 아이고, 나는 네가 당연히 알고 있는 줄 알았지. 미리 얘기해 줄 걸 그랬네.

그날 밤, 할머니가 잠들고 나서 왜 미리 귀띔해 주지 않았냐고 엄마에게 문자로 따져 물었다. 사실 할머니에게 무심했던 사람은 엄마가 아니라 나인데, 할머니에게 미안한 만큼 괜히 엄마에게 짜증을 냈다.

할머니는 막상 공부를 시작하자 꽤나 열심이었다. 그렇다고 해서 우리의 공부가 순탄했던 것은 아니다. 할머니가 문제의 답을 한 번에 말하는 경우는 없었으므로 나는 기본적으로 모든 문제의 질문을 두 번 이상, 보기는 세 번 이상씩 반복해서 읽고 또 읽어야 했다. 맞히면 맞히는 대로 틀리면 틀리는 대로 꼼꼼히 이유를 따져 묻는 할머니에게 해설까지 읽어 주고 설명하다 보면 어쩐지 끝은 말싸움하는 모양새가 되어 버렸다. 모의고사 1회분, 40문제를 풀고 나면 어느새 밖은 깜깜해져 있었고, 기운이 빠져 더는 소리를 높일 기운이 없는 나와 할머니는 누가 먼저랄 것도 없이 깊은 잠에 빠져들었다. 악몽을 꿀 새도 없었다. 그렇게 꼬박 일주일을 보냈다.

"할머니, 헷갈리면 뭐가 답이라고?"

"정지, 아니믄 서행헌다."

"반드시, 꼭, 예외 없이, 이런 말 나오면 다 틀린 거야. 알았지?"

"아이고, 알았져. 이걸 몇 번을 고람시."

"할머니가 자꾸 틀리니까 그렇지. 정 모르겠으면 보기 중에 제일 긴 게 맞는 거고, 짧은 게 틀린 거야."

"그건 또 무신 법이냐?"

"아무튼 그런 게 있어요."

시험 하루 전날, 마지막으로 할머니에게 자질구레한 요령들을 전수해 주었다. 별것 아닌 것 같아 보여도 다수의 모의고사를 통해 검증된 것들이었다.

운전면허 시험장은 할머니 집에서 버스를 타고 꼬박 두 시간을 가야 하는 곳에 있었다. 아무리 21세기라 한들, 섬은 섬인지라 제주는 여러모로 불편한 점이 많았다. 하지만 어떤 것들은 나에게 구실 좋은 방패가 되어 주기도 했는데 그중 대표적인 게 바로 할머니 집에 와이파이가 없다는 것이었다.

지난 365일 내내 하루 24시간을 가득 채우고 있던 수능이 끝나고 나자, 나는 갑자기 텅 비어 버린 시간을 무엇으로 채워야 할지 몰라 온종일 핸드폰만 붙잡고 있을 때가 많았다. 유튜브 알고리즘과 SNS를 타고 다니며 관심도 없는 피드로 하루를 때우다 보면, 예기치 못한 순간에 누군가의 대학 합격 소식을 마주치곤 했다. 하나둘 바뀌는 친구들의 프로필 사진과 상태 메시지, 합격 통지서 인증 사진을 볼 때마다 나는 이상하게도 누군가에게 쫓기는 기분이 들었다. 그리고 그런 날에는 꿈속의 시험지가 유난히 더 활활 불타올랐다.

내가 수능을 망친 것과는 별개로 친구의 합격은 축하해 줄 수 있을 거라 생각했는데, 슬프게도 나는 그렇게 쿨한 인간이 아니었다. 얼마 있지도 않은 내 안의 쿨함을 끌어모아 박수와 축하 메시지를 보내는 데 지쳐 갈 즈음, 엄마가 나를 제주도로 보냈다. 마지못해 오는 척했지만, 사실 그때의 나는 도망칠 곳이 필요했다. 제주에서는 잠시나마 친구들의 소식에 눈과 귀를 막고 지낼 수 있었다.

하지만 그런 방패막이도 버스의 공공 와이파이 서비스를 만나는 순간 끝이었다. 버스에 올라타자마자 나의 휴대폰은 눈치도 없이 냅죽 자동 연결을 실행했고, 어서 이 기쁜 소식들을 확인하라는 듯이 시끄럽게 울려 댔다. 나는 무슨 내용인지 보지도 않고 휴대폰의 전원을 꺼서 가방에 넣어 버렸다. 할머니는 그런 나를 이상하다는 듯이 보았지만 그렇다고 딱히 무슨 일인지 묻지는 않았다. 대신 시험장에 도착하자 나에게 뜻밖의 말을 건넸다.

"진주야, 너도 나영 같이 시험 보민 어떵허니?"

"내가? 원동기 면허를 따라고? 나는 오토바이 못 타, 할머니."

"오도바이는 할망이 가르차 주민 되지. 거 무신 대수라. 이제도록 공부해신디 아깝지 안 허냐?"

할머니는 면허 시험 원서를 한 장 더 꺼내 나에게 내밀었다. 생각해 보면 할머니 말도 일리가 있었다. 아예 시작을 안 했다면 모를까, 이왕 공부한 것 이참에 면허를 따 두는 것도 나쁘지 않을 것 같았다.

"근데 내가 오토바이 탄다고 하면 엄마가 한 소리 할 것 같은데."

"니네 어멍은 원래 다 안 된다 헌다. 나 오도바이 처음 탈 때도 그랬어. 배워 놔 두믄 다 써지는 건디도 몰랑. 어떵? 넌 오도바이 타구정 허냐, 안 타구정 허냐?"

당연히 타고 싶었다. 비록 지원했던 대학 세 군데 다 떨어지고 서운대 예비 번호 14번에 가느다란 희망의 끈을 붙들고 있는 처지이기는 해도, 동그랗고 귀여운 디자인의 민트색 스쿠터를 타고 대학교 정문을 통과하는 게 나의 많고 많은 캠퍼스 라이프 로망 중의 하나였다.

"타고 싶어."

"그믄 허는 거여."

그렇게 접수한 원서를 손에 들고 할머니는 '비문해자를 위한 학과 시험장'으로, 나는 'PC 학과 시험장'으로 들어갔다. 한 시간 후, 집으로 돌아오는 우리 두 사람의 원서에는 모두 파란색 합격 도장이 찍혀 있었다.

얼결에 본 학과 시험은 어찌어찌 합격했다고 해도, 기능 시험을 준비하려니 막막했다. 오토바이는커녕 두발자전거도 겨우 타는데, 괜히 원서비만 버린 건 아닐까 하는 생각이 들었다. 자기만 믿고 접수하라던 할머니는 막상 집으로 돌아오자 며칠째 소라와 당근을 쓸어 담느라 바빴다. 나는 주머니 속의 오토바이 열쇠만 만지작거렸다.

"진주야, 자냐? 좀 나와 보라."

바람 소리가 큰 날이었다. 할머니는 아침 일찍 같이 갈 데가 있다며 나를 밖으로 불러냈다. 바다에서 잡은 물건을 가지러 가나 싶었는데 바다 쪽 방향이 아니었다. 마을을 벗어나 큰 도로를 따라 20분쯤 걸었을까. 도착한 곳은 다름 아닌 카트 레이싱장이었다.

“여기는 왜 온 거야?”

할머니는 대답 대신 손가락으로 한쪽 구석에 주차된 카트들을 가리켰다. 자세히 보니 카트들 사이로 어딘가 익숙한 빨간색 오토바이 한 대가 눈에 띄었다. 둥근 사이드미러가 양쪽에 더듬이처럼 솟아 있고 좌석 뒤쪽으로 과일 상자만 한 노란색 바구니가 달린 할머니의 오토바이였다.

“고씨네 아들이 허는 딘디, 겨울엔 손님이 잘 안 오난 쉰다더라. 여기서 오도바이 연습허문 딱이겠다 싶어라.”

할머니는 오토바이에 훌쩍 올라타 시동을 걸었다.

“할망 허는 거 잘 보라.”

할머니는 낮은 목소리로 한마디를 남기고 카트장을 달리기 시작했다. 거센 바람에 할머니의 꽃무늬 바지가 펄럭거렸다. 구름같이 몽실거리던 할머니의 파마머리도 한 방향으로 바람을 탔다. 쭉 뻗은 직선 코스는 시원하게, 구불구불한 곡선 코스는 부드럽고 매끄럽게 빠져나가는 할머니의 주행을 보고 있자니, 귓가에 〈매드맥스〉 BGM이 들리는 것 같았다. 그 순간만큼은 할머니가 이 도로의 퓨리오사였다. 비록 미등록 무면허 동네 운전이었을지라도 10년 경력은 무시할 수 없었다.

"봤지? 벨난 거 아니여."

할머니는 내 앞에 오토바이를 멈춰 세우고는 카트장 헬멧을 가져다 씌워 주었다. 하지만 나는 좌석에 올라타고도 쉽게 엄두가 나지 않았다. 내가 좀처럼 움직이지 않자 할머니가 말했다.

"땡기민 앞으로 가고, 잡으민 스고. 하나만 조심허문 되여. 솔솔, 무조건 솔솔 가야 되여. 급허다고 쭉 댕기문 인생도 쭉 나가부는 수가 있어."

나는 할머니가 일러 주는 대로 천천히 오른쪽 손잡이를 돌렸다. 아주 살짝만 돌렸을 뿐인데 오토바이는 순식간에 앞으로 훌쩍 나아갔다. 나는 깜짝 놀라 얼른 양쪽 발을 땅에 디뎠다. 엉거주춤하게 앉지도 서지도 않은 자세로 발을 질질 끌며 다니길 한 시간, 얼굴을 때리는 찬 바람에 눈도 귀도 시려 왔다. 나는 땀이 찬 장갑을 벗어 주머니에 쑤셔 넣었다. 그리고 손잡이를 꽉 쥔 채, 슬쩍 땅에서 발을 뗐다. 오토바이는 처음과 달리 제법 반듯하게 나아갔다.

"어떵? 해 보난 헐 만허지?"

"응. 재밌어."

한번 발을 떼기 시작하자 그다음부터는 어렵지 않았다. 정신없이 카트장을 돌고 또 돌다 보니 어느새 두 시간이 지나갔다.

신발 밑창이 여기저기 긁히고 닳아서 반나절 사이에 3년은 더 된 것처럼 낡았다. 잔뜩 긴장했던 탓인지 엉덩이가 배겼고 허리도 아팠다. 집으로 돌아와 뜨끈하게 데워 놓은 방바닥에 할머니와 나란히 누워 허리를 지졌다. 할머니는 어떻게 카트장에서 연습할 생각을 했을까. 거기까지 오토바이를 끌고 갔을 할머니를 상상하다가 문득 의문이 들었다.

"근데 할머니 오토바이 키 내가 갖고 있잖아. 카트장까지 어떻게 끌고 갔어?"

"넌 할망이 오도바이 열쇠를 하나만 가져실 거랜 생각했나?"

당당하게 말하는 할머니의 모습에 나는 어이가 없어 웃고 말았다. 그래, 열쇠가 꼭 하나만 있으라는 법은 없지. 나는 절대반지처럼 지키고 있던 할머니의 오토바이 열쇠를 꺼내 바닥에 던져 놓았다. 주머니가 한결 가벼워졌다.

연습 둘째 날, 할머니는 나에게 분필을 쥐여 주며 카트장 바닥에 시험 코스를 그대로 그리라고 했다. 나는 쪼그려 앉아 오답노트에 그래프 그리던 실력을 발휘하여 네 가지 코스를 그렸다. 그렇게 내 손으로 직접 그려 놓은 코스를 한눈에 보고 있자니, 어쩌면 단번에 통과할 수도 있겠다는 밑도 끝도 없는 자신감이 들었다.

물론 그것은 착각이었다. 시험 규격에 맞는 코스를 통과하는 것은 카트장을 자유롭게 누비고 다니는 것과는 전혀 다른 차원의 문제였다. 시작부터 연달아 직각으로 꺾어지는 굴절 코스를 지날 때마다 덩달아 자신감도 꺾였다. 그나마 구불구불한 곡선 코스와 안전 고깔을 피해 가는 장애물 코스는 무난하게 통과할 수 있었지만, 마지막 좁은 길 코스가 또 하나의 고비로 남아 있었다. 바퀴 하나 겨우 지나갈 정도의 폭을 보고 있노라면 들어서기 전부터 덜컥 겁이 났다. 아니나 다를까, 바퀴도 흔들리는 마음을 따라 이리저리 선을 넘나들기 일쑤였다. 코스 이탈은 곧 실격이다. 한숨을 쉬며 코스를 돌고 또 돌다 보니 바닥에 그린 분필선이 지저분하게 뭉개졌다.

"진주야, 바닥 닳으켜. 고만허고 들어오라."

할머니가 카트장 구석의 컨테이너 사무실 안에서 얼굴을 내밀고 소리쳤다. 할머니는 내게 분필만 쥐여 주고, 아침부터 내내 사무실에서 나오질 않고 있었다.

'오토바이 가르쳐 준다더니…….'

나는 부루퉁해진 얼굴로 사무실 문을 열고 들어갔다. 할머니와 고씨 할아버지가 난로 앞에 앉아 있었다.

"할머니, 연습 안 해?"

할머니는 김이 모락모락 나는 컵을 내밀었다. 노란 빛깔의 차에 귤껍질이 동동 떠 있었다.

"연습? 기냥 대충 멫 번 타 보고 가문 되주, 무신."

할머니의 속 편한 소리에 짜증이 밀려왔다. 이 무슨 주객이 전

도된 상황이란 말인가. 정작 원동기 면허가 필요한 사람은 내가 아니라 할머니인데 왜 내가 안달복달하고 있나 싶었다. 그런 내 마음을 아는지 모르는지 할머니는 차를 호호 불어 마시며 말했다.

"진주야, 내가 보난, 넌 땅바닥에 긋어진 선만 졸졸 따랑 다니는디, 그추룩 타는 거 아니여. 이래 나와 보라."

언제는 몸 좀 녹이라더니 할머니는 방금 들어온 나를 이젠 또 밖으로 끌고 나갔다. 그리고 코스를 따라 달리기 시작했다.

언젠가 유튜브에서 외줄타기 무형문화재 영상을 본 적이 있다. 휘청휘청, 떨어질 듯 안 떨어질 듯하면서 줄 위를 날아다니던 명인의 모습이 눈앞의 할머니와 겹쳐 보였다. 할머니의 오토바이는 선을 밟을 듯 안 밟을 듯 위태로우면서도 쏜살같이 코스를 지나가 버렸다.

"너추룩 주춤주춤하문 못 가. 딱 봐서 저디로 가야주 허문 그냥 확 가 부는 거라, 알아지크냐?"

할머니의 코치 덕분이었을까, 나는 조금씩 부드럽게 움직이기 시작했다. 완벽하게 선 안으로 다닌다고는 할 수 없었지만 분명히 나아지고 있었다. 다 해 봐야 100미터가 될까 말까 한 코스를 매일 두세 시간씩 돌다 보니 나중에는 집에서도 귓가에 달달달 오토바이 소리가 들리는 것 같았다.

계획에도 없던 오토바이 연습에 매진해 있는 사이, 어느새 서운대학교의 마지막 충원 합격자 발표일이 코앞으로 다가와 있었다. 첫 번째 충원 때는 사실 아무런 기대가 없었기에 실망할 것도 없었다. 정시는 워낙 충원 수가 적기도 하거니와, 예비 14번으로 1차 충원을 기대하기는 어려워 보였기 때문이다. 그래도 2차에는 혹시나 하고 조금은 기대를 했다. 하지만 딱 11번까지였다. 나까지 세 명이 넘쳤다. 네 명이면 몰라도 딱 세 명. 그럼 3차는 기대해 봐도 되지 않을까. 작년에 충원 합격이 17번까지였다는 이야기도 희망을 품게 했다. 아니, 어차피 마지막으로 희망을 걸 곳은 여기뿐이었다.

발표일이 하루 앞으로 다가오자 오토바이고 뭐고 아무것도 손에 잡히지 않았다. 결국 뜬눈으로 밤을 새다시피 한 상태로 새벽을 맞았다. 그동안은 늦잠을 자느라 몰랐는데 할머니는 꼭두새벽부터 바다에 나갈 준비를 했다.

"잠 다 잤으문 할망이랑 바당 한번 나갔당 오카? 속 답답헐 땐 바닷바람만 한 게 없다."

할머니는 잠수복에 둥그렇고 커다란 물안경을 머리에 쓰고 있었다. 머리끝부터 발끝까지 검기는 매한가지인데 나의 롱패딩과는 사뭇 느낌이 달랐다. 나는 마당에 놓인 테왁과 호미를 챙겨 들고 할머니를 따라 나섰다. 바다 쪽을 향해 한참 걸어 도착한 '해녀의 집' 앞에는 오토바이들이 줄지어 세워져 있었다. 안으로 들어가자 이미 바다에 나갈 준비를 마친 할머니들이 삼삼오오 모여 앉아 있었다.

"옆에 아인 누게라?"

"우리 손녀, 나 오도바이 시험 보는 거 도와주켄 잠깐 내려완."

나는 꾸벅 허리를 숙여 할머니들에게 인사했다.

"아, 해월이도 이제 시험 보는 거? 잘했져. 손녀가 완전 요망지게 생겼져이."

나는 방파제 위에 올라가 할머니를 배웅했다. 시끌시끌하던 할머니들이 저 먼바다로 사라지고 난 후, 해녀의 집 근처 카페로 들어갔다. 조금 있으면 합격자 발표 시간이었다. 핫초코 한 잔을 앞에 놓고 카페 와이파이로 대학교 홈페이지에 접속했다. 가만히 앉아서 합격 안내 문자만 마냥 기다리고 있을 수 없었다.

영겁의 세월 같은 한 시간이 지나고, 드디어 게시판에 충원 합격자 발표 공지가 올라왔다. 나는 합격자 조회 창을 열어 이름과 수험 번호, 생년월일을 입력했다. 손가락 끝이 떨리는 탓에 자꾸만 한 자리씩 틀려 몇 번 만에야 제대로 쓸 수 있었다. 크게 한번 심호흡을 했다. 그리고 확인 버튼을 눌렀다.

결과는 불합격. 엄청 슬플 줄 알았는데 그렇지도 않았다. 혹시나 했는데 역시나, 라는 느낌이었다. 똑 부러져 보이는 손녀는 그렇게 대학에 똑 떨어졌습니다, 하고 중얼거리며 할머니 집으로 돌아갔다. 엄마에게 문자를 보냈다. 미안하다는 말과 함께 최대한 빨리 서울로 돌아가는 비행기표 예약을 부탁했다. 제주에 올 때도 도망치듯 떠나왔는데 서울로 돌아갈 때도 마찬가지였다.

집에 돌아온 할머니는 아무것도 묻지 않았고, 오토바이 연습하러 가자고도 하지 않았다. 나는 할머니가 따듯하다 못해 뜨겁게 데운 바닥에 등을 대고 누워 깜깜한 밤이 될 때까지 이불 속에서 나오지 않았다.

"유진주 님, 현해월 님. 원동기 시험 준비할게요."

대학도 떨어진 마당에 이까짓 면허는 뭐 하러 따나 싶기도 했지만, 그렇다고 곧장 짐을 싸서 서울로 가 버리자니 할머니가 마음에 걸렸다. 아무리 할머니가 날고 기는 오토바이 실력자라 할지라도, 면허증이 손에 쥐어질 때까지는 나의 도움이 필요했다.

주말 아침 이른 시간이었음에도 시험장에는 우리 말고도 오토바이 면허를 따러 온 사람들이 열댓 명쯤 모여 있었다. 아무 욕심 없는 시험인데, 막상 시험장에 들어와 이름이 불리니까 긴장되기 시작하는 게 스스로 어이가 없었다. 이제는 시험이라는 말만 들어도 파블로프의 개처럼 아드레날린이 뿜어져 나오고, 몸 안에 깊숙이 박힌 실패의 경고등에 불이 들어오는 모양이었다. 자동차도 아니고 겨우 작은 원동기 운전면허 시험일 뿐이라고 마음을 다잡아 봤지만 손끝, 발끝이 저리고 달달 떨려 왔다. 요 며칠 연습도 안 했는데……. 마지막 연습을 갔을 때 열 번에 세 번은 실패했는데……. 어차피 망했어. 그래, 망한 거야.

속으로 '망했다'를 수없이 되뇌는데 할머니가 내게 다가와 헬멧의 턱 끈을 팽팽하게 조여 주며 말했다.

"진주야, 너 충분히 잘허난 걱정 말라."

아무렇지 않은 척하고 있었는데 할머니에게 속마음을 들켜 버린 것 같아 나도 모르게 목소리가 커졌다.

"걱정하긴 누가 걱정한다고 그래. 나야 이거 합격해도 그만, 안 해도 그만인데."

"나 말이 그 말이라. 이깟 시험 합격허나 안 허나 인생 확 달라지지 안 헌다."

맞는 말이었다.

'그래, 지금 이거 붙고 떨어지는 게 뭐 대수인가.'

나는 다치지나 말자는 마음으로 허리를 숙여 스트레칭했다. 운동화 밑창이 닳아 버린 탓에 몸이 기우뚱 앞으로 쏟아졌다. 얼른 균형을 잡고 넘어지기 전에 일어났다. 그리고 앞으로 성큼성큼 걸어가 오토바이에 올라탔다.

출발을 알리는 신호가 울리자 할머니가 가르쳐 준 대로 아주 살짝, 인생이 쭉 나가지 않을 정도로만 살짝 손잡이를 돌렸다. 항상 시작부터 나의 기를 꺾어 놓았던 굴절 코스만 잘 넘기면 그다음은 어떻게든 될 것 같았다. 나는 연습했던 때의 기억을 머릿속으로 되살렸다. 출발선을 지나 코스로 접어들면 핸들을 왼쪽으로 꺾으면서 상체를 숙여 무게중심을 이동시킨다. 그리고 가볍게 가속하여 앞으로 나가기를 삼, 이, 일, 이어서 오른쪽으로 살짝

휘어져 부드럽게 통과.

됐다. 이제 70프로는 성공이다. 곡선 코스와 장애물 코스를 가볍게 통과한 후 좁은 길 코스만 남았다. 속도를 조금 올렸다. 나는 할머니의 가르침에 따라 도착점을 향해 '에라, 모르겠다.' 하는 마음으로 내달렸다. 정해진 선 안으로 달리고 있는지 신경 쓰지 않았다. 그냥 앞만 보며 내 갈 길만 갔다. 마지막 둔덕을 내려오는 순간, 스피커에서 안내 방송이 나왔다.

"합격입니다."

눈물이 핑 돌았다. 차례를 기다리던 사람들과 감독관이 축하한다며 박수를 쳤다. 나는 그대로 고개를 푹 숙이고 화장실로 뛰어 들어갔다. 대학에 떨어졌을 때도 나오지 않던 눈물이 왜 오토바이 시험 좀 합격했다고 주르륵 나오는 것인지 나도 내 마음을 알 수가 없었다. 이제 할머니가 시험 볼 차례인데, 나가서 할머니 시험 보는 거 봐야 하는데, 하면서도 휴지로 눈물을 훔쳐 내느라 한참이 걸리고 말았다. 화장실을 나오니 할머니가 나와 할머니의 시험 접수 원서 두 장을 들고 서 있었다. 두 장의 원서 모두 학과와 장내 기능 검정, 두 개의 합격 도장이 선명하게 찍혀 있었다.

집으로 돌아가는 버스 안에서 할머니가 말했다.

"진주야, 너 이 할망이 어떤 해녀 줄 아냐?"

"아, 진짜. 웬일로 이번에는 그 얘기 안 하나 했네. 할머니 또 열다섯에 처음 물질 배우던 때부터 시작하려고 그러지?"

할머니가 웃으며 말을 이었다.

“기여, 오늘은 좋은 날이난 특별히 간주 점프허고 후렴만 고르켜. 너 이 할망이 물질헌 지 50년이 넘어신디도 바당에서 무서운 게 뭔지 알맨?”

예전과는 다른 레퍼토리에 아주 조금 뒷이야기가 궁금해졌다.

“글쎄, 상어?”

“상어보다 백배는 무서운 게 물숨이여, 물숨.”

“물숨이 뭐야?”

“바당에 들어가민 말이여이, 딱 자기 숨만큼만 내려갔당 올라와야 되여. 저기 눈앞에 전복이 있댄 조금만 더, 조금만 더 허멍 욕심부리당은 물속에서 숨을 삼키는 수가 있어. 물숨에는 상군이고 중군이고 없다. 그냥 용왕님한티 가는 거라. 그니까 진주 니도, 너무 그추룩 안간힘 써 가멍 버틸 거 없어. 다 자기 숨만큼만 허문 되여.”

잠시 닫아 놓았던 눈물샘이 다시 열릴 것 같아 창문 쪽으로 얼굴을 돌렸다. 그리고 한참 만에 할머니에게 되물었다.

“근데 있잖아 할머니, 상군 안 되었다고 사흘 밤낮을 울었던 사람이 할 말은 아닌 것 같은데?”

나를 흘겨보는 할머니의 어깨에 얼굴을 묻고 눈을 감았다. 집에 가는 두 시간 동안 푹 자고 일어나면 한결 개운할 것 같았다.

제주에서 돌아온 지 일주일이 지나갈 무렵, 집으로 택배가 하나 도착했다. 할머니가 보낸 것이었다. 하지만 여느 때와는 다르게 이번 택배는 수신인이 엄마 이름 '채경숙'이 아니라 내 이름 '유진주'로 지정되어 있었고, 나는 할머니가 그렇게 보낸 데에는 이유가 있으리라 생각했다.

"잠깐. 이건 나한테 보낸 거야, 봐 봐."

내가 상자에 붙어 있는 송장 스티커의 이름을 가리키자 엄마는 상자를 뜯다 말고 나에게 넘겨 주었다. 궁금해하는 엄마를 뒤로하고 내 방에서 혼자 상자를 열어 보았다.

신문지 다섯 겹으로 둘둘 싸인 민트색 오토바이 헬멧이었다. 그 위엔 숫자를 적은 작은 쪽지 한 장이 붙어 있었다. 010-××××-××××. 할머니의 휴대폰 번호다. 문자를 보내지 못하는 나의 할머니는 이렇게 숫자로 말한다. 밥은 먹언? 잘 살맨? 고를 말 이시난 전화허라. 나는 휴대폰에서 할머니 번호를 찾아 통화 버튼을 꾹 눌렀다.

김 진 나 … 체험

1

김삽이 눈을 뜨지 않는다. 외상은 없다. 그의 맥박과 혈압, 모든 반사작용은 정상이다. 깊은 잠에 빠진 듯 보인다. 부모님은 그의 몸이 굳지 않게 마사지를 해 주고 수건으로 몸을 닦아 준다. 코에서 위까지 L튜브를 삽입해 수분과 영양을 공급한다. 말을 걸고 눕힐 수 있는 휠체어에 태워 데리고 나가 계절의 변화를 보여 준다. 김삽은 깨지 않는다.

1990년대 후반 스웨덴에서 극심한 스트레스에 노출되었던 난민 가정의 아이들에게 이러한 증상이 처음 나타났다. '체념 증후군'이라 이름 붙은 이 증상을 보이는 아이들은 2003년에서 2005년까지 400명가량 발견되었고 그 뒤로도 꾸준히 발견되고 있다. 최근엔 호주의 난민 수용소에서도 같은 증상을 보이는 경우가 나타났다. 김삽은 한국에서 발생한 첫 체념 증후군의 사례로 기록되었다.

지난 5월 김삽의 누나가 자살했다. 93년생인 누나 김풀은 여섯 살 때 IMF를 겪었다. 집 안 거실에서 부모님이 사채업자에게 무차별적으로 구타당하는 걸 보았다. 그녀가 열여섯 살이던

2008년 세계 금융 위기가 터졌다. 3년 전 겨우 비정규직 일자리를 얻었던 아버지가 시간제로 밀려났다. 부모님은 매일같이 싸웠고 경제적 사정은 늘 불안했다. 그리고 2020년 3월 코로나 팬데믹의 여파로 20대 여성 12만 명이 일자리를 잃었다. 김풀도 12만 명 중 한 사람이었다.

김삽은 죽은 누나의 둥그스름한 등을 보았다. 어머니가 약을 먹고 자취방에 엎어져 있는 누나를 돌려 안았을 때 김삽의 눈앞이 번쩍했다. 아무것도 보이지 않았다. 진주 알갱이 같은 게 박혀 있는 흰빛이 전부였다. 아무리 보려 해도 누나가 보이지 않았다. 오열하는 어머니를 뒤로하고 더듬거리며 밖으로 나갔다. 곧 시력이 돌아왔지만 누나를 다시 볼 자신이 없었다.

김삽은 몇 번이고 생각했다. 하지만 누나에 대해 구체적인 생각을 이어 가려 하면 눈앞이 흰빛에 가로막혔다. 닿기만 해도 존재 자체가 타 버리는 희디흰 공허였다. 마치 누나란 존재가 애초에 존재한 적 없는 듯, 금기가 되어 버린 듯. 김풀의 노트북에는 이런 글이 남아 있었다.

사회가 위기에 처할 때마다 가장 힘없는 우리가 먼저 밀려났다. 내 부모가 밀려났고 이번엔 내가 밀려났다. 그들은 너는 애초에 가진 게 없었으니 아파하지도 말라 한다. 너 같은 사람은 제도권 내에서 수치화할 수 없다고 한다. 나는 찍소리 못 한다. 나는 여기 실제로 있는 사람이 아니다.

아무도 몰랐다. 아무도 읽지 않았다.

김삽은 멍하니 있다가 놀란 듯 신경이 곤추섰다. 그러다 곧 무감각해졌다. 슬픔도 고통도 느껴지지 않았다. 부모님의 끊어질 듯 멈추지 않는 울음 속에 멀뚱히 서 있었다. 불굴의 성실성을 지닌 아버지와 그에 못지않은 활력에 섬세함과 엄격함까지 갖춘 어머니가 무너져 내렸다. 김삽은 하루에도 수십 번씩 그들의 얼굴이 일그러지는 걸 긴장한 채 지켜보았다.

여름방학이 시작될 무렵, 김삽은 더 이상 잠을 자지 못했다. 부모님이 흐느껴 울거나 다투는 소리를 듣지 않으려고 종일 이어폰을 꽂고 지냈다. 그러던 중 김삽은 열아홉 살 멕시코계 한국인인 가상 인플루언서 페페부루의 팬이 되었다. 종일 페페부루의 음악을 들었다. 페페부루는 인스타그램 팔로워 280만 명을 보유한 모델 겸 가수다. 3차원 그래픽으로 만들어진 그녀는 각종 패션 캠페인에 등장했고 자신만의 의류 브랜드 '코다'를 론칭했다. 페페부루의 인스타그램은 친구들과 스케이트보드를 타거나 유명 패션쇼, 축제에 참석한 사진들로 꽉 차 있다. 가상으로 만들어진 태국계 미국인 남자친구 뿌와 데이트하는 사진도 많았는데 지금은 헤어져서 지워졌다.

코로나 팬데믹으로 사람들의 접촉과 이동이 제한되면서 페페부루의 인기가 가파르게 오르고 있다. 페페부루는 바이러스에 감염되지 않고 어디든 갈 수 있다. 스위스 라고 비앙코의 검은 얼음 위에서 화보를 찍는다. 세계에서 가장 깊은 협곡 중 하나인 페루의 콜카 캐니언에서 활공하는 콘도르를 타는 초현실적인 뮤직비디오를 올린다. 모두 안다. 진실이 아니라는 걸. 하지만 진실보다는 시각적 완벽함이 마음을 끈다.

김삽은 페페부루가 좋다. 페페부루는 꼭 무지개 같다. 물방울과 빛을 적절한 각도로 봐야 생기는 무지개. 만약 보는 이가 없어 각도가 사라진다면 무지개도 사라진다. 페페부루도 보이는 만큼만 존재하고 보지 않는 순간엔 사라진다. 어쩌면 누나의 죽음도 그런 것일지 모른다. 보지 않는 순간엔 사라져 버리는. 다만 여기 사소한 문제가 있다면 누나에겐 보이는 순간이 살아 있을 때부터 없었다는 것이다. 아니면 누구도 적절한 각도를 찾지 못했거나. 만약 누군가 적절한 각도로 본다면 누나가 다시 나타날까? 페페부루의 노래를 흥얼거리며 김삽은 생각했다.

2

김삽이 눈을 떴다. 새벽 3시 40분. 수면등 아래 흐릿한 주변의 사물들이 들이닥친다. 천장의 전등과 옷장의 모서리가 툭툭 떨어질 것 같다. 혼란스럽다. 김삽은 미간을 찌푸린다. 다시 눈을 감으려는데 문득 기분이 싸하다.

'뭐지?'

김삽은 불을 켜고 전신거울을 본다. 아! 김삽이 놀라 거울 가까이 얼굴을 들이민다. 얼굴에 손가락을 대니 부들부들한 피부의 감촉이 느껴진다.

'진짜다!'

분홍 빛깔이 도는 작은 손톱이 믿기지 않을 정도로 예쁘다. 페페부루다. 김삽이 페페부루가 되었다. 김삽은 페페부루의 얼굴을 거울 쪽으로 바짝 당긴다. 입을 벌리니 그 속에 새하얀 치아와 혀가 섬세하게 들어차 있다. 속쌍꺼풀이 있는 눈꺼풀은 옅은 갈색으로 반짝이고 코는 높지도 낮지도 않다. 얼굴에 있는 작은 점 일곱 개도 자세히 보인다. 김삽은 페페부루의 앞머리를 들춰 보고 손가락으로 귓바퀴 선을 따라 만진다. 조급함을 느끼며 턱선을 타고 내려가 헐렁한 티셔츠 위로 몸의 굴곡을 훑는다. 자신도 모르게 나직한 신음이 터진다. 김삽의 심장을 꾹 누르고 있던 어둠이 부드러워진다.

다음 순간, 언제 바뀌었는지 모른다. 한 뭉텅이의 시간에서 다른 뭉텅이의 시간으로 건너뛴다. 페페부루가 된 김삽은 어깨가 드러나고 등이 파인, 짧은 하늘색 원피스를 입고 있다. 분홍색 파스텔 톤의 방 안을 노란 깃털이 달린 화장대 거울과 푹신한 소파와 쿠션이 채우고 있다. 빨간색 드레스를 입은 친구와 주황색 털모

자에 품이 큰 니트, 반바지 차림의 친구가 페페부루를 잡아끈다. 아, 이건 페페부루의 뮤직비디오 속 장면이다.

여기는 푹신한 세계
우리는 아무도 모르게 놀고 있지
넌 알고 있어, 나를 다 가질 수 있어
세상은 변하고 있는데 실감 나지 않아
모든 가치가 흔들려, 어른들도 갈팡질팡해
말을 듣는 척, 순진한 척, 공부하는 척
우린 어른들의 눈을 피해 조용하게 귀엽게 퇴행해
넌 알고 있어, 나를 다 가질 수 있어

페페부루가 된 김삽은 노래를 부르며 친구들과 춤을 춘다. 날리는 풍선과 반짝이 속에서 눈을 가리고 잡는 놀이를 하며 한 남자와 은근한 눈길을 주고받는다. 어두운 조명 아래 김삽은 그와 얼굴을 가까이 맞대지만 키스는 하지 않는다.

노래가 끝나자 페페부루가 된 김삽은 초록색 방에 혼자 있다. 은색 스팽글이 잔뜩 달린 옷을 입고 엎드려 다리를 흔들고 있다. 인스타그램에 이 사진이 올라간다. 김삽은 담담하면서 호기심 어린 표정이다.

다음 순간 김삽은 친구와 길거리에 앉아 있다. 공간이 제멋대로 건너뛴다. 김삽은 발랄한 민소매 차림이다. 날씨도 계절도 느껴지지 않는다. 도넛을 먹으려고 입을 크게 벌린다. 실제로 먹지는 않는다. 페페부루는 그 도넛 브랜드의 모델이다. 친구와 잡담을 나누지만 내용이 뭔지는 모른다. 챗봇 알고리즘에 따라 대화가 이뤄진다.

가구 회사 R사가 경기도 의왕시에서 이벤트성 광고를 한다. 유리로 만들어진 집에서 3일간 김삽이 생활하는 것이다. 집 안의 가구와 생활용품 들은 3차원 가상 이미지로 만들어진 R사의 제품으로 채워졌다. 사람들은 온종일 유리벽 밖에서 김삽을 구경한다. 새벽에도 구경하는 사람들이 10여 명은 된다. 사생활 침해 논란은 일어나지 않는다. 아침이면 김삽이 일어나 이불을 정리하고 씻고 옷을 갈아입고 차를 우린다. 노트북을 펴서 쇼핑을 하고 오트밀을 끓이고 설거지를 한다. 요가를 하고 망가진 의자 다리를 고치고 테이블에 새 페인트를 칠한다. 사람들은 김삽의 동선을 따라다니며 216가지 제품에 노출된다.

김삽은 감정적으로 어떤 불편도 느끼지 않는다. 두려움이나 걱정, 싫거나 위축되는 마음이 없다. 새로운 물건과 풍부한 감수성이 드러나는 개성적인 옷, 대중의 관심이면 충분하다. 모든 행동이 노이즈 없이 말끔하다. 이보다 더 푹신하고 쾌락적일 수 없다.

그런데 저기, 유리벽 밖에 누가 보인다. 김삽의 몸이 굳어지며 눈자위가 붉어진다.

3

'누나?'

김삽이 누나를 본 순간 시간과 공간이 빽빽하게 굳어진다. 유리벽 밖은 쌀쌀한 이른 봄, 새벽 3시 40분이 되어 있다. 김삽은 페페부루가 된 뒤 처음으로 계절을 느낀다. 가로등 불빛 아래 샛노랗게 핀 개나리가 떨고 있다. 벤치 아래 미처 녹지 못한 눈이 더러워진 채 얼어붙었다. 누나는 갈색 점퍼에 단발머리, 마스크를 하고 있다. 지친 눈매는 움푹하고 생기라곤 없다.

'누나가 어떻게 여기 있어? 왜?'

누나는 초라한 모습으로 페페부루를 보고 있다. 페페부루를 동경하고 있다. 언제부터 저기 있었는지 모르겠다. 추워서 달달 떨면서도 떠나지 않는다.

김삽은 문득 알아챈다. 오늘은 누나가 해고당한 날이다. 그리고 김삽의 생일이기도 하다. 김삽의 생일에 누나가 해고당했다는 건 누나가 죽고 나서야 알았다. 김삽의 속에서 눈물이 터진다. 하지만 페페부루의 눈에는 눈물이 흐르지 않는다. 김삽은 유리벽을 더듬으며 문을 찾으려 하지만 밖에 있는 김풀의 눈에는 페페부루가 춤을 추는 것으로 보인다.

'춥잖아. 왜 여기서 떨고 있는 거야, 누나!'

김삽이 소리치지만 페페부루의 입에선 "여기는 푹신한 세계. 우리는 아무도 모르게 놀고 있지. 넌 알고 있어, 나를 다 가질 수 있어." 하는 노래가 나온다.

유리벽 밖에서 김풀이 웃는다. 페페부루가 가까이 다가와 눈을 맞추며 춤을 춰 주어서 기쁘다. 평소 수줍음이 많은 김풀이지만 페페부루 앞에선 수줍지 않다. 페페부루는 가상의 존재이다. 세상 모든 사람이 김풀을 하찮게 여긴다 해도 페페부루는 아니다. 김풀은 두려움 없이 유리벽 더 가까이 얼굴을 댄다. 구차하고 복잡한 현실에 얽히지 않으면서 누구보다 실감 나게 존재하는 페페부루가 좋다.

페페부루가 론칭한 의류 브랜드 코다의 이념도 마음에 든다. 악보 기호에서 따온 말인 코다는, 코다를 만나면 다음에 나타나는 코다의 위치로 건너뛰라는 뜻이다. 코다가 만들어 가는 감각적이고 공정하고 지속 가능한 세계로 건너뛰라는 것이다. 김풀은 코다의 옷을 입으면 지금의 현실에서 점프해 단숨에 새로운 세계로 갈 것만 같다. 하지만 가격이 상당해 티셔츠 한 장밖에 사지 못했다. 그것도 오랜 고민 끝에 동생의 생일 선물로 샀다.

주지 못했다. 이런 꼴로는 부모님이 계신 집에 갈 수 없다. 부모님의 얼굴을 보면 견딜 수 없을 것 같다. 여러 번 무직이 되었던 아버지의 비참한 얼굴을 김풀은 잘 안다. 발버둥 쳤지만 결국 김풀도 아버지와 같은 얼굴이 되었다.

김삽은 칼바람에 얼어 이제 거의 시퍼레진 누나의 얼굴을 더는 볼 수가 없다. 이 안에 있는 불빛이란 불빛은 다 꺼 버리고 싶다. 수면등, 불빛을 내는 작은 시계와 조각품을 부숴 버리고 싶다. 제발 자기를 보지 말라고 다들 돌아가라고 소리치고 싶다. 하지만 프로그램된 대로 페페부루는 인스타그램에 R사의 아트퍼니처 시리즈 중 소파를 쇼핑해야겠다는 글을 올리고 평온한 얼굴로 잠이 든다.

4

페페부루가 자고 있다. 유리벽 안에는 일상적인 시간이 흐른다. 김삽은 페페부루에서 벗어날 수가 없다. 공포스러울 정도의 무력감을 느낀다.

'나 어쩌다 페페부루가 된 거야? 어떻게 이런 일이 일어났지?'

김삽이 생각한다.

'그게 이제야 궁금해?'

누군가 묻는다.

'뭐? 누구야?'

'네 생각 중 하나.'

'생각?'

'오래된 생각이 굳어지면 하나의 인격이 되지. 난 또 다른 너이

기도 해. 근데 너보다 더 오래됐어. 네 부모, 조부모, 그 전부터 있었으니까. 그나저나 넌 페페부루가 되어서 좋았잖아?'

'지금은 아니야.'

'왜?'

'누나가 저 밖에 있잖아. 누나가 춥잖아. 싫어. 달달 떠는 누나를 보는 게 괴로워. 아니야, 그것 때문은 아니야. 모르겠어. 뭐가 이렇게 괴로운지 모르겠어. 나 어쩌다 이렇게 된 거지?'

김삽이 흐느낀다.

'너한테 일어난 일이 특별한 건 아니야. 우리는 거대한 전자기, 열, 화학 에너지 장 안에 살고 있어. 하지만 뇌는 그 방대한 양의 플럭스 중 일부만 받아들여. 시각, 가려움, 냄새를 구성하는 생리학적 신호는 별로 다르지 않지만 뇌가 어떻게 해석하느냐에 따라 우리는 보거나 가렵거나 냄새가 난다고 느껴.

그런데 뇌 안에 있는 수백억 개의 뉴런들은 취약점이 많아. 뉴런 간의 연결이 조금만 잘못되어도 현실은 금방 무너져 내려. 간츠펠트 효과라고, 뇌 스스로 환각을 만들어 내기도 하지. 지금 네가 겪고 있는 것처럼.'

'왜 내 뇌가 거짓 신호를 만들어?'

'네가 잠들어 있으니까.'

'잠들어 있어? 내가? 그럼 나 꿈꾸는 거야?'

'응, 좀 긴 꿈.'

'왜?'

'글쎄, 이유는 네가 알지 않을까?'

김삽은 문득 폭탄 터지는 소리를 듣는다. 반 톤짜리 미사일과 폭탄의 폭격이 계속되고 있다. 김삽은 검은 연기와 기름으로 뒤덮인 거리에 서 있다. 또 한 번 큰 폭발음이 들려온다.

사람들이 거리에 아무렇게나 쓰러져 있다. 김삽은 누구라도 도우려고 다가간다. 피를 흘리며 엎어져 있는 사람을 뒤집는다. 얼굴이 텅 비어 있다. 다른 사람을 뒤집는다. 얼굴과 흉곽에서 치골까지 비어 있다. 김삽의 팔이 피로 물든다. 여기 어딘가에 누나가 죽어 있는 게 느껴진다. 누나는 죽었다. 문득 김삽은 깨닫는다.

'나는 누나가 싫었어.'

누나는 아무것도 아니었다. 학교 다니며 별명 한번 붙은 적이 없다. 누나는 존재감이 없었다.

친한 친구 한 명 없었다. 누나는 학생이었을 때는 묵묵히 공부를 했고 성인이 되어서는 직장에 다녔지만, 그뿐이었다. 각진 얼굴에 여드름 가득한 피부도 별 볼 일 없었고 취미도 취향도 이렇다 할 게 없었다. 시시했다. 누나는 시시했다.

누나가 독립해 나가고 얼마 되지 않아 김삽은 하굣길에 불쑥 누나의 자취방에 찾아갔었다. 처음엔 놀라게 할 생각으로 벨을 누르지 않았다. 김삽은 복도 쪽 창문으로 집 안의 소리에 귀를 기울였다. 누나는 저녁 준비를 하는 듯했다. 누나가 누군가와 같이 있는 것 같기도 하고 아닌 것 같기도 했다. 김삽은 들어가도 될지 망설여졌다. 그런데 망설이다 보니 서먹해졌다. 마치 누나가 어떤 비밀을 숨기고 있기라도 한 것 같았다. 김삽은 시간이 지날수록 벨을 누를 엄두가 나지 않았다. 김삽 자신도 누나에게 비밀을 감추고 있는 것만 같았다.

'사실 나는 누나를 닮았어. 누나가 내 시시껄렁한 미래 같아서 도저히 봐줄 수가 없어. 난 내가 너무 지겨워. 죽어 버렸으면 좋겠어.'

김삽이 운다.

'죽었어. 나도 죽었어. 누나가 죽었을 때 나도 죽었어.'

'너는 죽지 않았어. 너도 알잖아? 넌 자고 있을 뿐이야. 사실은 용서할 수 없는 거지?'

생각이 계속 말한다.

'누나를 싫어한 너를, 그리고 누나만큼이나 너를 싫어하고 있는 너를.'

김삽이 고개를 끄덕인다.

'나 너 기억 안 나는데' '됐어. 관심 없어' '나 너랑 짝하기 싫어' '쟤랑 같은 조면 나 안 할래' '넌 대체 해 본 게 뭐야?'

머릿속에서 많은 사람들의 말이 오간다.

'그것도 몰라?' '야, 쟤한테 말하지 마' '쟨 어차피 돈도 없어' '네 이름 졸라 이상해' '넌 피부가 왜 그래?'

가슴속에서 감정이 부글부글 끓는다.

'그래, 이게 나야. 나도 안다고. 그렇게 떠들어 대지 마.'

'아니, 그건 네가 아니야. 그저 잡생각이야. 그것들 말고, 네 것은 어디 있어?'

김삽이 잡생각을 지나쳐 밑으로 내려간다. 저 아래서 맑고 낯선 빛이 비춘다. 누나가 어린 김삽을 업고 노래를 흥얼거린다. 누나의 목소리가 다정하고 평온하다. 김삽은 누나의 체온을 느낀다. 누나의 등에서 꼬물거리는 자신의 통통한 몸을 느낀다. 몸에 신비한 탄력이 붙는다. 김삽의 울음이 사그라든다.

'괜찮아. 이제 벨을 누르면 누나가 나올 거야. 누나한테 하고 싶은 말을 해.'

김삽이 붉게 젖은 얼굴을 든다.

'……보고 싶어.'

김삽이 작게 속삭인다.

'보고 싶어, 너무.'

깁삽이 말을 잇지 못한다.

'미안해. 아니, 그냥 나, 난…….'

김삽의 얼굴선이 부드럽게 변한다.

'누나, 사랑해.'

노랫가락처럼 속삭인다. 순간 김삽의 갇혀 있던 마음에 틈새가 생긴다. 가장 깊은 곳, 그 한 줌의 흙 속에서 마음이 깨어나려 한다. 김삽이 눈물을 쓱 닦고 말한다.

'나 이제 깨고 싶어.'

'자각몽 꿔 봤지?'

김삽은 작년에 자각몽을 꿨었다. 괴한에게 쫓겼다. 대형 쇼핑몰에서 허겁지겁 모퉁이를 돌아 도망치다 '이건 꿈이잖아' 하는 생각이 들었다. 김삽은 괴한 쪽으로 돌아섰다. 단전에 양손을 모아 장풍을 만들어 쐈다. 강하지는 않지만 파란빛이 일렁이는 장풍이 날아갔다. 무엇이든 할 수 있었다.

'똑같아. 깨어나면 돼.'

'어떻게?'

더 이상 대답이 들리지 않는다. 김삽이 눈을 뜨려 한다. 하지만 수면 모드인 페페부루는 눈을 뜨지 않는다.

'나는 힘이 있어.'

김삽이 생각한다. 소용없다.

그때 어디선가 목소리가 들린다.

"삽아, 창문 열어. 청국장 냄새 지독하다."

어느 날 저녁을 먹고 어머니가 말했다. 김삽은 느릿느릿 거실 창문 쪽으로 갔다. 창문을 당겼다. 창문이 꼼짝하지 않았다. 창문을 세게 당겼다. 역시 꼼짝하지 않았다. '이거 왜 이러지?' 하며 더 세게 당겼다. 소용없었다. '뭐야? 내가 힘이 이렇게 약해?' 이를 악물고 더 세게 당겼다. 그때 오랜만에 집에 온 누나가 다가와 창문에 걸린 잠금장치를 풀어 주었다.

"커튼에 가려져서 안 보였지? 이게 잠겨 있었어."

잠금장치가 풀리자 통유리창이 스르르 열렸다.

힌트다. 창문을 열려면 먼저 잠금장치를 풀어야 한다. 김삽의 머릿속이 환해진다. 김삽이 몸의 힘을 푼다. 뒤엉켜 있던 몸이 느슨해진다. 호흡을 따라 신선한 공기가 몸의 구석구석으로 퍼진다. 어깨와 팔꿈치, 손가락, 가슴과 배, 허벅지, 정강이, 발가락이 너른 벌판처럼 경계 없이 편해진다. 여전히 맥박은 빠른데도 평온하다.

무한한 것이 사방에서 친밀하게 김삽의 몸 안팎을 넘나든다. 김삽은 눈을 느낀다. 눈꺼풀 안이 깊다. 김삽의 눈꺼풀이 들린다. 검은 눈동자가 열린다.

5

눈을 뜬 김삽은 서서히 몸의 감각을 회복한다. 김삽이 일어난다. 유리벽 밖에 있는 사람들이 술렁인다. 예상보다 이른 기상이다. 김삽은 이불을 정리하고 옷을 갈아입는다. 품이 넉넉한 회색 조거팬츠와 맨투맨티셔츠를 입는다. 김삽이 종이와 네임펜을 들고 유리벽 쪽으로 다가간다. 중무장을 하고 노트북을 펴 놓고 밤새 페페부루를 지켜보고 있는 남자 앞에 앉는다. 남자가 반색을 하며 가까이 다가온다. 하지만 김삽이 흥미로운 행동을 하지 않자 곧 자신의 침낭으로 돌아가 찐빵을 먹기 시작한다.

그가 편의점에서 사 온 막 데운 찐빵이 뜨겁다. 먹기 시작한다. 빵을 입에 넣고 고개를 뒤로 젖힌다. 빵이 뜨거워 손을 입 가까이 대고 입김을 뿜으며 '하핫' 하는 신음을 낸다. 마치 입김으로 공을 튕기듯 상체가 들썩인다.

그가 빵을 작게 잘라 팥 앙금을 소복이 얹는다. 마침 입이 알맞게 벌어지며 상체와 고개가 빵 쪽으로 기운다. 오물오물 씹어 삼킨다. 다시 양손으로 빵을 찢는다. 포슬포슬 흩어진 팥 앙금 가까이 입을 대고 손가락으로 빠르게 긁어 먹는다. 입술을 꼭 다물고 오른쪽 치아로 씹는다. 후룩후룩 소리를 내며 커피를 마신다. 뺨이 둥글게 부푼다. 거의 다 씹었을 때 혀로 입술을 싸악 핥는다.

김삽이 남자의 행동을 여기까지 적고 남자 쪽에서 볼 수 있게 유리벽에 종이를 붙인다. 이제 옆 사람 앞으로 옮겨 가 그의 행동을 적는다. 옆 사람은 닭강정을 먹고 있다. 김삽은 옆 사람 옆의 옆 사람으로 계속 옮겨 가며 적는다. 그리고 각 사람의 앞에 적은 내용을 붙인다. 사람들이 의아해하며 읽는다.

"뭐야? 뭐 하자는 거야?"

몇몇 사람이 자리를 떠난다. 김삽은 유리벽 안을 잠시 들여다

보고 가는 사람에 대해서도 쓴다. 사진을 찍고 있는 사람, 사랑한다는 플래카드를 들고 있는 사람에 대해서도 쓴다.

페페부루에게 자극적인 행동을 기대했던 사람들은 실망한다. 하지만 어떤 사람들은 식은 감자를 먹은 것처럼 속이 빈 듯 맹맹한 기쁨을 느낀다. 누군가는 은근히 기분이 좋아진다. 조금 전에 자신이 했던 행동. 그 보잘것없는 순간을 다시 세밀히 보는 것만으로 마음이 안정된다.

김삽은 누나에 대해서도 쓴다.

그녀는 먹지 않고 앉지 않고 돌아다니지 않는다. 나만 보고 있다. 바깥의 어둠은 그녀를 배려하지 않는다. 그녀는 어찌할 바를 모른다. 불안하며 초조한 상태다. 그러나 그녀의 눈은 반짝거린다. 그녀는 여전히 힘이 있다. 언제나 항상 힘이 있었다. 내가 여기까지 쓰는 동안 그녀는 열세 번 눈을 깜빡였다. 왼손으로 입술을 만지고 뻐근한 오른쪽 발목을 세 번 돌린다. 그녀는 필요하다고 생각되는 것보다 더 몸을 숙이고 나를 본다. 나는 그녀의 머리카락이 더 부드러워졌다고 느낀다.

누나가 김삽이 쓴 것을 보더니 웃는다. 어린 시절 숱하게 봤던, 별조차 느슨해지게 만드는 편한 미소다. 멀리서 동이 터 온다. 눈이 부셔 살짝 찌푸린 순간 김삽은 본다. 아, 지금은 이른 봄이 아니다. 늦가을이다.

6

김풀 뒤로 구름이 어머니의 치맛자락처럼 얇게 펼쳐져 있다. 그 속으로 물의 순수하고 다양한 형태가 흐른다. 파란 대기가 진동하며 가을 냄새를 멀리 퍼뜨린다. 바닥에 떨어진 적갈색 잎사귀들이 푹신하게 마르고 있다.

'누나, 봄이 아니었어. 가을이야.'

막 솟아오른 아침 별이 김풀의 언 뺨에 닿는다. 아직 따뜻하진 않지만 밤새 얼어붙은 나방의 날개를 녹일 정도의 온기는 있다. 아침 별이 김풀을 감싼다. 모든 각도에서 김풀을 감싼다.

김삽이 누나를 본다.

김풀은 느낀다. 지금 자신이 여기 있다고 느낀다.

김풀이 페페부루에게서 시선을 뗀다. 몸을 돌려 거리를 바라본다.

잎사귀를 떨군 가로수들이 숨김없이 가지를 드러내고 있다. 계절의 변화를 받아들이며 끝까지 지녔다가 뻗어 낸 성장의 기록이다. 가지들 사이로 드러나는 허공이 눈부시다. 김풀이 눈을 크게 뜨고 밭게 숨을 쉰다. 폭풍이 지나간 뒤의 대기처럼 김풀의 눈이 맑고 선명하다.

김풀이 다시 김삽 쪽으로 몸을 돌린다.

'누나, 여기. 이거 봐. 베짱이가 붙어 있어.'

김삽이 유리벽 한쪽에 달라붙어 있는 베짱이를 가리킨다. 신비한 과일을 쪼개 그 속을 들여다본 것처럼 온통 연두색이다. 김풀은 이 곤충이 어쩌다 숲을 벗어나 여기까지 왔는지 잠시 생각한다. 얼마쯤 지나자 베짱이가 툭 떨어진다. 늦가을이면 베짱이가 죽는다.

김풀은 이제 알 것 같다. 이름 있는 생명이 어떻게 이름 없는 것들과 뒤섞이는지. 김풀이 가방에서 마커펜을 꺼낸다. 베짱이가 있던 자리에 베짱이 그림을 그린다. 그림을 그리며 김풀이 노래를 흥얼댄다. 이 노래에는 선이 삐치지 않고 잘 그려지게 해 주는 힘이 있다. 그리고 베짱이의 영혼도 기쁘게 해 준다. 김풀은 자신이 어떻게 이런 노래를 알고 있는지 모르지만 저절로 부른다. 김삽은 옆방에 가서 유화 물감을 가져온다. 김삽은 유리벽 이쪽에서 유화 물감으로 누나가 그린 베짱이의 속을 채운다.

가을이다. 김풀은 죽었다. 김풀은 여기 없다. 김삽은 이해한다. 김풀은 김삽이 베짱이의 속을 채우도록 내버려 두고 돌아선다. 김삽의 눈에서 눈물이 쏟아진다. 김삽은 잘 가란 말을 하지도 손을 흔들지도 못한다. 도로 쪽으로 걸어 나가 횡단보도를 건너려고 기다리고 서 있는 누나를 보고만 있다.

그날 낮 열두 시, R사의 이벤트성 광고가 끝났다. 김삽의 시간과 공간이 다시 건너뛴다.

7

바누아투 암브림 섬 화산 분화구에 페페부루인 김삽이 서 있다. 화산 분화구에서 가장 가까운 마을에 사는 노인이 말한다.

"불을 보는 게 너무 무서웠어. 암브림 섬 같지 않았어. 마치 다른 세상에 와 있는 것 같았어. 내가 죽었다고도 생각했어."

긴 수염이 가슴을 덮고 있는 노인에게서 수천 년 동안 이 땅에 적응하고 살아온 종족이 느껴진다.

"내려다보는데 마치 별이 태어나는 것 같았어. 너무나 붉었어. 이해할 수가 없었어. 왜 거기 별이 있고 그렇게도 붉은지. 나중에 이 별들이 하늘을 태워 버릴지도 모른다고 생각했어. 그래서 정말 무서웠어. 언젠가 여기 화산과 푸에고 화산, 스트롬볼리 화산, 므라피 화산이 함께 폭발해서 모든 걸 태울 거야. 모든 게 녹을 거야."*

김삽이 분화구 속으로 미끄러져 들어간다. 이 모든 게 꿈이다. 그래도 두렵다. 김삽은 두려워하며 가파른 기슭에 붙어 서서히

* 노인의 말은 베르너 헤어조크의 다큐멘터리 〈인페르노 속으로: 마그마의 세계〉에 나오는 인터뷰 내용을 각색하였다.

미끄러져 들어간다. 화산이 용암을 크게 터뜨리며 김삽을 맞이한다. 뜨겁다. 페페부루의 형상이, 이미지가 녹아내린다. 김삽이 노래한다.

눈을 감은 나를 내버려 두어라
눈을 삼킨 나를 내버려 두어라
모든 것이 녹는다
눈동자가 눈꺼풀을 뚫고 얼마나 빛나는지만 느껴라

8

아버지가 김삽을 힘겹게 일으켜 앉힌다. 김삽의 몸이 축 늘어진다. 아버지가 붙잡지 않으면 앉아 있지 못한다. 어머니가 아이스크림을 작게 한 스푼 뜬다. 김삽의 턱을 살짝 당겨 입을 벌리고 목구멍 가까이 아이스크림을 넣고 다시 입을 다물게 한다. 일주일째 시도해 보고 있다. 반응이 없다. 처음엔 제대로 못해 아이스크림이 입가로 줄줄 샜었다. 어머니는 아이스크림이 자연스럽게 녹아 식도로 흘러내리기를 기다렸다 다시 아이스크림을 뜬다. 입을 열고 목구멍 가까이 차가운 아이스크림 덩이를 떨어뜨린다.

잠시 뒤,

"꿀꺽."

김삽이 삼킨다.

청소년 테마 소설 시리즈를 마무리하며 … 희망의 질감

문학동네 청소년 테마 소설 시리즈의 독자 여러분, 안녕하세요? 문학동네는 2013년 이 시리즈를 기획하기 시작하여 2014년에 『관계의 온도』 『내일의 무게』 『콤플렉스의 밀도』를 낸 뒤, 2015년 『존재의 아우성』 『중독의 농도』, 2018년 『사랑의 입자』 『불안의 주파수』, 2021년 『성장의 프리즘』을 펴냈습니다. 2022년인 지금, 『외로움의 습도』 그리고 마지막 권 『희망의 질감』을 끝으로 이 시리즈를 마무리하고자 합니다.

문학동네는 2009년 김진경 작가의 『우리들의 아름다운 나라』를 첫 권 삼아 청소년 시리즈를 펴내기 시작하며 동시대를 살아가는 청소년들의 구체적 삶을 담아 위로와 공감, 그리고 스스로 삶의 방향을 잡아 나갈 수 있는 힘을 전하고자 했습니다.

이미 기성세대가 되어 버린 작가들이 쓴 글이 과연 '지금 이곳'의 청소년들과 함께 호흡하고 있는지, 혹시 어설픈 훈계담에 그치진 않을지 고민은 계속되었습니다. 그래서 이 시대 청소년들의 관심사일 뿐만 아니라 청소년기에 짚고 넘어야 할 과제를 중심으로 작가 여러 명이 힘을 모아 이런 고민의 지점을 돌파해 보면 어떨까 싶어 이 테마 소설집을 기획하게 되었답니다.

이 시리즈를 처음 기획할 때만 해도 열 권으로 완간하게 되리라고는 꿈에도 상상하지 못했습니다. 우리 청소년 독자들의 따뜻한 응원과 이 시리즈에 참여해 주신 작가들의 멋진 글 덕분에 여기까지 이르게 되었지요. 감사하고 또 감사합니다.

코로나19가 국내에 막 퍼지기 시작한 2020년 1월이었어요. 8권과 9권의 주제를 각각 '통과의례'와 '외로움'으로 정하고, 마지막 10권의 주제를 정해 이 시리즈를 완결 짓기로 했습니다. 마지막 주제는 이 시리즈를 모두 끌어안으며 동시에 압축적이고 상징적으로 보여 주어야 했어요. 간단한 일은 아니었지요. 그런데 생각보다 쉽게 정해졌답니다. 이미 이 책을 읽어서 아시겠지만 그 주제는 '희망'이었지요. 마치 이 시리즈를 처음 기획한 2013년부터 준비된 주제였던 것처럼 자연스럽게 떠올랐답니다. '희망'을 이야기하기 위해 이 시리즈가 10여 년간 달려왔던 것 같아 신기했어요.

'희망'이라는 주제는 쉽게 떠올랐지만 엮은이의 말을 쓰는 건 시리즈의 모든 책 중에서 가장 어려웠어요. "희망이란 이러저러한 것입니다.", "삶이란 이러저러한 것이니만큼 희망을 잃지 마세요." 하는 말 모두 어떤 해답이나 교훈을 주는 것처럼 느껴지는 거예요.

그동안 우리는 '문학은 해답이 아니라 질문이다, 어떤 해답이

나 교훈을 주려는 시도는 하지 말자, 다만 청소년들이 이 소설집을 읽고 스스로 어떤 질문을 떠올릴 수 있으면 좋겠다.'라는 바람을 갖고 이 시리즈를 진행해 왔거든요. 그러니 이래서는 안 되는 거였지요.

어른인 제가 살아왔던 세계와 완전히 달라진 세계에서 힘겹게 분투하며 살아가는 여러분들에게 희망은 기성세대의 언어로 설명할 수 없고, 설명해서도 안 된다는 걸 깨달았어요. 그래서 제 청소년기의 이야기를 조금 들려드리는 것으로 대신할까 합니다.

지금으로부터 한 35년 전 일이에요. 고1 겨울방학, 중학교 때 영어 선생님을 찾아갔어요. 반항기로 똘똘 뭉친 중학생 시절을 지켜보았던 선생님은 제게 "너는 쉽게 가도 될 길을 꼭 돌아서 간다. 근데 그 길로 꼭 돌아오기는 한다."는 말씀을 하셨어요. 졸업한 지 1년 만에 찾아온 제자에게 왜 그런 말씀을 하셨을까요? 저는 궁금했지만 그 말뜻을 생각하느라 바로 여쭤보지 못했어요. 선생님은 지나가는 말처럼 하셨는지 모르겠지만 그 말씀은 가슴에 깊이 새겨져 제 삶에 두고두고 영향을 끼쳤답니다.

어디선가 길을 잃고 방황하고 있을 때마다 그 말씀은 등불처럼 저를 이끌었어요. 나는 길을 잃은 게 아니라 다만 돌아가고 있을 뿐이라고, 쉬운 길로 가지 않고 고통스럽더라도 돌아서 가는 까닭이 반드시 있는 거라고, 그리고 반드시 내 길을 찾아갈 거라고 말이지요.

저는 지금도 그 선생님께 해마다 연락을 드리고 있어요. 단 한 번도 제게 왜 그런 말씀을 하셨냐고 여쭤보지는 않았어요. 아마 그런 말씀을 하셨다는 걸 기억도 못 하실 거예요.

만약 그때 선생님께서 "너는 반항도 하고 자꾸 삐져 나가려고 하지만 그래도 공부를 놓지 않고 네 꿈을 이루려고 하는구나. 어차피 공부하는 거, 그런 식으로 에너지 낭비하지 말고 꿈을 이루는 것에만 전념하렴."이라고 하셨다면(물론 그런 뜻으로 말씀하신 건지 다른 뜻이 있는 건지 정확히 모르지만) 아마 그 말씀은 조금도 기억나지 않았을 거예요.

그래요. 이처럼 진정한 희망의 언어는 수수께끼의 형태를 띱니다. 좋은 소설이 우리에게 해답이 아니라 질문을 던져 주는 것처럼 말이지요. 선생님은 내게서 무엇을 보았기에 그런 말씀을 하신 걸까? 쉬운 길은 무엇이며 돌아가는 길은 또 무엇인가? 더 나아가 과연 '내 길'은 무엇인가? 하고요. 돌이켜 보면 제 삶은 이 질문에 답하는 과정이 아니었을까 싶어요.

그동안 이 열 권의 책에 마흔한 명의 작가들이 참여하여 모두 70편의 단편소설을 실어 주셨습니다. 우리 청소년 독자들을 위해 아름다운 소설을 보내 주신 작가님들에게 감사의 인사를 드립니다. 여러 학교에서 이 테마 소설 시리즈에 실린 단편을 국어 수업

자료로 쓴다는 말도 들었습니다. 무엇보다 이 시리즈를 읽고 자라 문학을 더욱 사랑하는 어른이 되어 있거나 삶을 보는 눈이 조금이라도 깊어진 독자도 있을 것입니다. 나무가 오래 자라면 그늘이 넓어진다 하더니 이런 걸 두고 하는 말인 듯합니다. 모두 기쁘고 감사한 일입니다.

문학동네 청소년 테마 소설 시리즈는 이렇게 끝을 맺지만 열 권에 실린 70편의 단편소설은 여러 청소년 독자들을 통해 끝없이 이어지고 넓어지리라 의심하지 않습니다.

_마흔한 명의 작가를 대신하여 엮은이 유영진 드림

청소년 테마 소설

희망의 질감

1판 1쇄 2022년 4월 18일 | 1판 3쇄 2023년 5월 22일
글쓴이 김보영 김진나 문이소 윤성희 은소홀 이금이 진형민
책임편집 정현경 | 편집 곽수빈 엄희정 원선화 이복희 | 디자인 이지인
마케팅 정민호 김도윤 한민아 이민경 안남영 김수현 왕지경 황승현 김혜원 김하연
브랜딩 함유지 함근아 박민재 김희숙 고보미 정승민 배진성
저작권 박지영 형소진 오서영
제작 강신은 김동욱 임현식 | 제작처 천광인쇄사
펴낸곳 (주)문학동네 | 펴낸이 김소영
출판등록 1993년 10월 22일 제2003-000045호
주소 10881 경기도 파주시 회동길 210
전자우편 kids@munhak.com | 홈페이지 www.munhak.com | 카페 cafe.naver.com/mhdn
북클럽 bookclubmunhak.com | 트위터 @kidsmunhak | 인스타그램 @kidsmunhak
대표전화 (031)955-8888 팩스 (031)955-8855
문의전화 (031)955-3576(마케팅) (02)3144-3239(편집)

ISBN 978-89-546-8602-0　03810

잘못된 책은 구입하신 서점에서 교환해 드립니다. 기타 교환 문의: (031)955-2661, 3580